오늘의 냄새

오늘의 냄새

시인수첩 시인선 010

이병철 시집

◐◑ 문학수첩

캄캄한 지방 국도를 달리며 라디오를 켠다. 주파수를 찾는 건 언젠가 잃어버린 겨울밤, 온 세상을 다 두드려 당신이 사는 집을 찾아 헤매던 일 같다. 지지직거리는 노이즈와 음울한 발라드, 졸음을 깨우려는 디제이의 쾌활한 목소리가 뒤섞인 혼선(混線)이 어느 날 밤 내가 찾은 세상의 첫 소리다.

내 시가 노이즈 섞인 음성이면 좋겠다. 불편한데 반가운, 어지러우면서 뚜렷한.

이병철

| 차 례 |

시인의 말 · 5

1부 거미보다 아름답지 않은

도미노 놀이 · 13

불꽃놀이 · 15

여름방학 · 17

거미보다 아름답지 않은 · 18

숨바꼭질 1 · 20

저승사자 놀이를 하던 대낮 · 22

탐구생활 · 24

불조심 포스터 · 26

소리를 얻지 못하고 굳어버린 · 28

고무 실내화가 있는 교실 · 30

달고나 · 32

숨바꼭질 2 · 34

묵상 · 36

내가 발견한 엑스레이 놀이 · 38

해변의 여인 · 41

연기의 집 · 43

기착지 · 45

우산집 · 47

2부 오늘의 냄새

오늘의 냄새 · 51

미러룸 · 52

나자르 본주 · 54

장마 냄새 · 56

늦봄의 역할극 · 58

이것은 축제의 냄새였다 · 60

유혈목이의 책장 · 62

여름은 무색무취 · 63

神化 · 66

입산금지 · 67

불과 빨강과 뱀 · 69

내 시체를 보았다 · 71

키친 트래블러 · 72

일기예보 · 74

커플룩 · 76

노을과 토마토가 있는 옥상 · 77

플라나리아 · 79

아파서 빛나는 것들 · 81

3부 내일 비가 온다면

흩어지고 돌아온 것이 고작 · 85

여름 강은 늑대처럼 · 88

빨간 입술의 계절 · 90

비 개인 저녁의 안부 편지 · 92

라키 술은 라키라키 · 94

욕조에 누워 있다 · 95

키스 · 97

하늘 우체국 · 99

무릎베개 · 101

고양이와 놀기 · 103

겨울바람의 에튀드 · 104

캐스터네츠 연주법 · 106

시계 속의 안개 · 108

장마엔 카페인이 필요하고 · 110

유리 어항 · 112

비의 미장센 · 114

내일 비가 온다면 · 115

해설 | 박상수(시인, 문학평론가)
아포리아적 존재론을 꿈꾸는 감각의 이미지스트 · 119

1부

거미보다 아름답지 않은

도미노 놀이

공사장에서 우리는 무슨 냄새를 맡고 있었다
개들이 짝짓기 하는 냄새야 아니야 날지 못하는 새의
똥 냄새야
죽은 사람 냄새야,
시멘트 먼지 속으로 우리는 코를 킁킁거렸다

죽은 사람 냄새는 슬프다

슬픈 게 뭔지 어떻게 알아? 그건 아직 배우지 않았잖
아
철근 위로 어둠이 콘크리트처럼 단단하게 일어서자
우리는 냄새 쪽으로 자갈을 집어 던졌다

저기엔 아무도 없어, 여기서 자고 갈래?
무서워 너희들 등 뒤로 냄새가 따라오는 게 보여
겁쟁이, 우리는 안 죽어

냄새로부터 누구도 도망칠 수 없다는 걸 너희는 몰라

어둠이 냄새를 환하게 밝히는데
너희는 죽음의 냄새 같은 건 없다는 듯
벽돌로 도미노 놀이를 하며 웃고 있었어

그날 밤, 나는 공사장에 코를 두고 왔다
어떤 꿈에선 앞으로 나란히,
도미노처럼 넘어지는 너희를 본다

누가 너희를 밀었니?
아무도 웃지 않는다, 냄새가 난다

내가 마지막 블록이 될게

불꽃놀이

아이들의 손에서 불꽃이 지저귀고 있었다 놀이터에 도착한 우리는 비닐봉지에서 나비탄 팽이탄 로켓탄을 꺼냈다 성냥으로 불을 붙이자 우리의 폭죽은 예쁜 새가 되어 날개를 푸득였다 반짝이는 불꽃에 얼비치던 네 미소

불꽃을 오래 보면 눈 속에 연어들이 헤엄쳐 온다, 너는 그 말을 좋아했다 폭죽 연기에서 비린내가 났다 불꽃을 다 쏟아낸 폭죽은 어느 강가의 죽은 물고기처럼 함부로 버려졌고

우리는 불꽃에다 새와 나무, 동물들의 이름을 붙였다 하나 남은 폭죽은 네 손바닥 위에서 날지 못하는 새처럼 죽었고 너는 화상을 입었다 집에 갈래, 울면서 네가 말했다 우리의 마지막 불꽃놀이였는데

불발된 나비탄은 얼마나 예쁜 날개를 가지고 있었을까 우리의 마지막 폭죽은 새도 물고기도 되지 못한 채 죽어버렸고 우리는 불꽃놀이가 무서워졌다 불꽃에 붙여주려

던 이름이 떠올랐을 때 이미 너는 떠나고 없었다

　몇 시간 뒤 새해가 시작됐다
　이름을 붙일 수 없는 커다란 불꽃들이 밤하늘을 덮었
다

여름방학

　비누 냄새가 난다 오늘은 조금 늦었다 불이 켜진다 괜찮아 너도 늦었구나 우산에 빗방울 떨어지는 소리가 크다 우산을 접는다 물기 머금은 주황색 불빛이 단단해진다 샤워기에서 집중호우가 쏟아진다 흠뻑 젖는다 장마가 즐거운 건 이번이 처음이다 한 번도 만져본 적 없는 게 눈에 와서 닿는다 물소리 빗소리 발소리…… 불빛이 쪼그라든다 화단 위로 엎드렸다가 일어난다 팔에 묻은 흙이 빗물에 씻긴다 비누 냄새가 하얀 꽃으로 피어나고 있다 나는 체육복을 입었고 너는 아무것도 입지 않았다

　우리 사이엔 어둠과 담장과 알미늄 창문이 있고 어떤 시절도 거길 통과할 수 없다

예쁘다
예쁜 몸이다
어떻게 해야 할지 모르겠다

거미보다 아름답지 않은

1

거미는 아름다운데 그 아름다움을 아무도 몰라요 아무도 모르는 걸 혼자 아는 나는 무당거미 무늬 속에서 길을 잃어본 적 있는 아이

나와 무당거미는 데칼코마니예요 햇빛마저 실올을 뽑아내는 여름 대낮에 내 반쪽의 무늬를 찾으러 낡은 집과 숲 그늘을 헤집고 다녀요

태양이 조준하는 과녁에 무당거미가 매달려 있어요 썩은 처마 아래서 구름에 목줄을 채운 채 무당거미를 쓰다듬어요 거미는 날개가 없지만 나비보다 아름다워요

무당거미 몸통에선 노란 장미가 피어나고 피에 젖은 호랑이가 하품을 해요 어떻게 거미를 사랑하지 않을 수가 있죠? 내 절반이 바람에 흔들려요

거미를 델몬트 주스 병에 넣어요 유리병 속에 소주를

들이붓자 알록달록한 무늬들이 소용돌이쳐요 유리병이
끈끈한 실로 가득해요

2
누구도 거미를 흉내 낼 수 없어요
날개를 떼어낸 나비 몸통을 거미 밥으로 먹여요

여자아이들이 소리를 질러요

거미보다 아름답지 않은 세상으로 도망치려고?
끈적거리는 내 숨이 닿지 않는 세상으로?

숨바꼭질 1

아무도 날 찾지 못했으면 좋겠어
보이지도 들리지도 않는 냄새가 되고 싶어
멀리서 가깝고 가까이서 먼 라일락처럼

환풍구는 어둡고 따뜻하다
세상은 오직 냄새와 소리다
술래가 숫자를 세는 소리
피혁 공장의 본드 냄새

그림자가 쏟아질까 봐 몸을 둥글게 만다
죽은 사람의 코와 귀는 살아 있을 거라고
생각한다, 학교에서 가야의 순장을 배웠다
죽은 쥐와 깨진 진로 소주병이 내 부장품이다

술래는 유령처럼 어디든 다닐 수 있지만
환풍구는 유령도 들어오지 못하는 곳
여긴 무덤이고 나는 이 세상에 없다
나를 찾는 소리들이 잠잠해지고

날이 저문다

돌뚜껑 같은 어둠을 열고 환풍구를 나선다
모두 사라졌다 어디로 갔을까
환풍구 밖 세상에서는 아무도 나를 찾지 않아
무덤에서 나와 골목을 헤매는,

내가 술래라고?
불 켜진 집으로 돌아가는 건 반칙이야

저승사자 놀이를 하던 대낮

이것은 돋보기로 개미를 태우던 날의 일기다

팔약근 풀린 태양이 맑은 빛을 한 무더기 싸지르던 대
낮
냄새와 향기를 구별하지 못하는 아이들은
라일락 한 움큼씩 꺾어 버리다 지루해졌다

커피를 마시는 것이 금지된 아이들의 발치로
커피 알갱이 같은 개미 떼가 알레그로 모데라토
아직 태어나지 않은 음악의 악보를 그리며 기어올 때

저승사자 놀이를 하자!

잘 익은 머리통에서 실잠자리 같은 연기가 팔랑였다
구구단 너머에는 수가 없는 줄 알았기에
수북이 쌓인 개미들의 주검에서 웃음소리가 났고
돋보기에 고인 하늘이 찰랑거렸다

우리도 죽어?

　묵직한 음악이 빛의 항문 속으로 빨려 들어가는 게 보
였다
　아이들의 목숨이 구구단을 넘지 못하리란 걸
　알고 있었다, 커피를 마실 수 있게 되었을 때
　나는 그날의 놀이를 잊어버렸지만

　아이들은 걸어 들어갔다
　돋보기로 개미를 태우던 날의 일기 속으로

탐구생활

삐라 주우러 간 산에서 길을 잃었다
길이 어디서부터 사라졌는지 모르는
여자애들이 소리 내어 울기 시작했다
눈에 고인 물기를 빨러 날파리들이 몰려왔다
손톱에 봉숭아물 들인 작은 손들이 파리를 쫓았다
팔을 크게 휘두르다 자빠진 여자애는
우스꽝스러웠다 낄낄거리는 남자애들이
뒤돌아선 채 덤불에다 오줌을 눴다
포경수술 안 한 고추가 통통했다
지린내 속으로 누런 햇살이 반짝였다
남자애들이 몸을 부르르 떨었다
고추 끝에 닿는 매미 울음이 서늘했다
소리만 들릴 뿐 매미는 보이지 않았다
길을 찾아보겠다고 나선 남자애가
새카만 매미 울음 속에서 돌아오지 않았다
우리는 서로 손을 꼭 잡은 채
성경학교에서 배운 노래를 불렀다
우리 이름이 메아리쳤고 랜턴 빛이 이마를 비췄다

어른들이 낸 길을 따라 산을 내려왔다
등 뒤에서 매미 울음 무섭게 쏟아졌다

불조심 포스터

1

불이 혀를 내밀어 집을 삼키는 그림을 그릴 거야 우리 집이 그렇게 타버렸으니까, 잘 그릴 수 있어 불에 타 녹아버린 지구본을 들고 울던 봄날, 라면을 끓이려 부루스타를 켜면 푸른 불꽃에서 태어난 새들이 내 눈을 쪼아대곤 했다

불을 더 빨갛게 그리라니까, 선생님이 뺨을 때렸다 화끈거리는 뺨 위로 햇살이 눌어붙었다 상장을 받아 온 나를 할아버지는 기사식당에 데려갔다 접시 위 돈가스가 아프리카 대륙처럼 보였다 나 이담에 아프리카에 갈래, 할아버지가 내 뺨을 어루만졌다

그리운 이들은 모두 아프리카에 있다고, 누군가 그랬다 그게 거짓말이란 걸 알았을 때 할아버지는 불 속에 누워 잠들었다 어른들이 돌아가며 내 뺨을 만졌고 뺨을 만지는 손가락들이 크레파스가 되어 그림을 그렸다 표정이 생길 때마다 뺨이 화끈거렸다

26

2
불이 데려갈 수 없는 사람을 사랑하겠어
아니, 내가 불이 되어 당신들을 데려갈 거야

온몸에 불이 붙은 채 대로를 달리는 상상을 한다 불
은 예쁘고 따뜻하다

불이야, 누가 외친다
불에 타지 않는 내 뺨, 거기 반짝이는 웃음을 조심하
라며

소리를 얻지 못하고 굳어버린

톱밥 속 지렁이들은 말 못 하던 내 혀 같다 입에 손가락을 집어넣은 적이 있다 혀를 잡아당기듯 지렁이를 끄집어낸다 미끄럽고 끈적거린다 나는 물컹물컹한 게 싫다

거무죽죽한 수면은 표정이 없다 어둠이 단단하게 경직되고 있다 어둠의 일부가 되려는 듯 아버지는 퀭한 눈으로 찌를 바라보고 있다 움직이는 것이 이토록 고요할 수 있다니, 아버지가 무섭다 물이 무섭다

낚싯바늘에 지렁이를 꿴다 바늘 끝이 닿자 꿈틀거린다 바늘이 몸을 뚫고 내장을 찢는다 온몸을 꼬아댄다 아무리 움직여도 소리가 나지 않던 혀처럼, 무언가 말하고 있는 것이다 지렁이는

낚시에 걸린 붕어가 물의 주름을 팽팽하게 잡아당긴다 붕어 입에 손가락을 넣어 바늘을 꺼낸다 토막 난 지렁이 몸통이 바늘 끝에 분홍빛으로 굳어 있다 내가 겨우 토해내던 한 음절도 그랬다

물가에 부는 바람은 끈적한 혀를 지녔다 소리를 얻지
못하고 굳어버린 혀가 어둠 속에서 날름거린다 무슨 소
리가 들리는 것 같은데 아버지는 미동조차 없다 소리를
향해 손을 뻗으면 무언가 물컹물컹한 게 만져지는데

고무 실내화가 있는 교실

햇빛이 요오드 용액으로 엎질러진
교실에선 네 머리칼 냄새가 난다
책상 아래 금색 먼지가 날아오르고
거기 네가 벗어 둔 고무 실내화가 있다
내가 이 교실을 떠나지 않는 이유다
사방이 세피아 톤으로 물드는 오후가 있다
지금이 그렇다, 학급게시판에 붙은
사진 속에서 네가 웃는다
너를 웃게 만들던 노래
제멋대로인 내 음정을 들으며
너는 소리 없이 웃었다
쓸어 넘긴 머리칼 사이로 빛나던
귀처럼 실내화가 하얗다
고무 속에 밴 네 향기가
숨을 빨아들여, 숨 가쁜 내 얼굴은
다시는 너를 볼 수가 없다
너는 이 교실의 모든 것을 싫어했다
지점토로 만든 꽃병

손잡이가 깨진 주전자
불조심 포스터와 낡은 풍금
웃어대는 아이들, 선생님의 헛기침
네가 좋아한 건 나뿐이란 걸 알아
다시 돌아오지 않으리란 것도
네 실내화는 참 하얗다
더께가 낄 때까지 노래를 불러줄게
듣고 있니? 웅웅거리는 바람
녹슨 햇살이 번져가는 소리
교실이 사진 속에 갇히기 전에
저 문으로 나가야만 하는데
네가 웃는다, 나는 떠날 수 없어

달고나

저녁이 숟가락처럼 휘어진 모래사장에 네가 있었어 너
는 갈색 소다를 입에 문 채 단단한 오해를 녹이고 있었
지 네 혓바닥 위에서 비늘로 일어나는 비밀이 모든 소리
들을 외면하길 바랐어 너를 훔쳐보는 내 눈이 들키지 않
았으면, 어두울수록 짙어지는 땀 내음을 어떡하지?

모래 속에 몸을 담그고 혼잣말을 하는 너는 인어 같
아, 네 예쁜 종아리가 반짝이자 사막을 건너는 꼬리지느
러미가 나를 끌어당겼어 다리 사이에 오아시스를 숨겨두
었다던 소문은 사실일까? 네 엄마는 마녀가 아니야

쉿! 너한테만 보여주는 거야, 나는 고개를 끄덕였다 혀
끝으로 네 옆줄을 따라가다 보면 달짝지근한 비늘들이
돋아나 있고 그건 점자로 이루어진 악보, 왜 그랬을까,
참지 못하고 이빨을 부딪쳐 노래를 부르고 말았지

달고나 달고나, 세상은 부서지기 쉬운 설탕 덩어리였네

너는 꼬리지느러미 대신 다리를 얻었지
다시는 네 목소리를 들을 수 없었어

숨바꼭질 2

골목이 너를 어떻게 숨겨주었을까
웃음소리와 그림자가 흩뿌려져 있고
나는 그림자만 구별해서 주울 뿐
볼 수 없는 너를 찾는 숨바꼭질

숨어서 보고 있을 것만 같다
나는 어디로든 갈 수 있지만
골목을 벗어날 수 없는 술래

해 질 무렵 멸치 볶는 냄새
개 짖는 소리, 나뭇잎의 떨림이
골목으로 숨어들면, 무서운 세상이다
숨는다는 건 사라지지 못한다는 것

그토록 찾던 단 하나의 마음이
수천만 개로 나타나는 순간이 있다
내가 찾던 것은 머리카락 한 올인데
지금 눈앞엔 해초보다 무성한 네 머리칼이

빛도 통과시키지 않은 채 너를 숨겨주고 있다

암전 속에서 못 찾겠다 꾀꼬리
집 없는 아이들이 어둠을 더듬는다

꼭꼭 숨어라
어디선가 소리와 냄새가 되고 있을 너

묵상

플라타너스 그늘에 앉아 말씀을 읽고 있었다 뙤약볕
이 운동장을 반만 엿보는 대낮이었다 공을 쫓아 달리는
아이들이 촛불처럼 너울댔고 명암의 경계에 선 골키퍼는
몸 잘린 시체 같았다 빛과 어둠을 오가던 먼지가 말씀
위로 내려앉았다 십자가 모양으로 벌어진 화단 블록에서
검은 히브리어들이 기어 나왔다

화단은 생육하여 번성하는 것들로 가득했다 장미꽃과
꿀벌 사이에는 어떤 말씀이 있어 손톱만 한 허공이 투명
한 불로 이글거리는지 알 수 없었다 화단에 앉아 있으면
성기가 자꾸 단단해졌다 매미에게는 매미의 말씀이, 축
구공에는 축구공의 말씀이, 내겐 성기의 말씀이 있기에
태양이 어디 내려앉아 반짝이든 상관없었다

무서운 계명처럼 축구공이 굴러왔다 아이들의 눈빛이
내 운동화에 녹슨 못을 박아댔다 그늘에서부터 튕겨져
나온 몸이 구겨지고, 목 뒤로 흐르는 땀에서 기름 냄새
가 났다

헛발질은 열매 맺지 못하는 나무다

아이들의 얼굴이 동전처럼 쏟아졌다
발로 차야 하는 공을 손으로 굴렸다

그늘 속에서는 꽃도 매미도 그늘의 일부였다 더럽힌
손에 침을 발라 말씀을 넘길수록 그늘이 운동장으로 엎
질러졌다 아이들의 무릎에서 시간이 부서졌다 공은 다시
굴러오지 않았지만 성기는 계속 단단했다 검은 히브리어
들이 교복 바지 속으로 기어들어왔다 성기를 물어뜯어
도, 말씀이니까 상관없었다

내가 발견한 엑스레이 놀이

크리스마스트리가 번쩍이면 그림자 속에 뼈가 보여

이건 엑스레이다
내가 발견한 엑스레이

어둠 속에 잠깐 나타나는 빛의 성채
알록달록한 보석들이 매장됐다 도굴되는
거실의 묘지를 해골이 걸어 다닌다

아빠 해골과 엄마 해골은 똑같이 생겼다
머리엔 텅 빈 두 개의 구멍, 몸통엔 나비 한 마리
몰티즈의 푸른 눈알은 트리 전구 사이에서 빛나고

해골을 본 사람은 해골이 된다

어둠과 빛이 엉켰다가 풀어진다
끈적끈적한 빛의 거미줄, 가느다란 어둠의 머리카락
실선에 매달려 마리오네트 춤을 추는 우리의 해골

그래, 엑스레이로 무엇을 보았니?

엄마 갈비뼈 속에 자라나는 벌집
장판 아래 우글거리는 바퀴벌레 알들
보아뱀 속에서 썩고 있는 코끼리 해골

엑스레이 속에는

보이지 않는데 만져지는 뼈
보이는데 만질 수 없는 그림자
볼 수도 만질 수도 없는 숨

방으로 가려면 엑스레이를 통과해야 해

트리 앞에 모여 앉아 통닭을 먹는 고요하고 거룩한 밤
내가 발견한 엑스레이 놀이로 모두 즐거운데

웃음소리가 달그락거린다

해변의 여인

바닷물이 입맛을 다시고 있었다

죽은 여자에게 갈매기와 119가 몰려들고
산 남자는 사이렌 소리로 울었다
담요 밖으로 삐져나온 여자의 발가락은
파도를 꼬집으려는지
집게 모양으로 구부러져 있었다

아이들은 양동이와 작대기를 들고
물 빠진 펄에 게 잡으러 가는 길
어깨에 멘 카세트 라디오에선
해변의 여인 야이야이야이야이
죽은 여자 곁을 지나며 한 아이가 외쳤다

오오 씨발 시체!

잠깐 놀란 아이들은
씨발 시체를 뒤로한 채 펄로 달려갔다

반나절 게를 잡다가 여자애들을 잡다가
게 몇 마리와 여자애 몇을 데리고
씨발 시체가 있던 자리를 지나 해변으로 돌아왔다

아이들은 밤새 고기를 굽고 술을 마셨다
삼겹살 연기 지글거리는 밤하늘에
싸구려 폭죽과 웃음을 번갈아 터뜨리며
여자애들의 오오 씨발 가슴!을 주무르며
해변의 여인 야이야이야이야이
노래를 멈추지 않는 을왕리의 밤이었다

• 3인조 혼성 댄스 그룹 쿨의 1997년 발표곡.

연기의 집

갈색 연기 자욱한 집으로 들어갔다 불에 탄 물건 하나 없는데 탄내가 났다 서로 뒤엉킨 채 죽어가던 연기들이 숨을 쉬러 달려 나왔다 훈연이 머리카락에 달라붙어 샴푸를 핥아댔다 어떤 연기가 내게 소리 지르지 못하는 것들의 몸부림을 한입 크게 떠먹여주었다 단백질이 부족했던 부엌에 단백질들이 발버둥치고 있었다 흰 양말 신은 발로 더듬더듬 길을 내며 가스레인지에 라면 물을 올렸다

메스꺼운 속을 햇살에다 게워냈다 창백하고 야윈 내 숨은 칸나꽃 화분에 주저앉은 채 소멸되거나 격자 배수구 속에 스스로를 감금했다 라면 국물에 찬밥을 말았다 퉁퉁 불은 면발이 꿈틀거렸다 손을 잘못 짚으면 바스락거리는 소리가 머리부터 발끝까지 실금을 놓았다

반나절의 지옥이 이젠 동생과 입 벌리고 잘 수 있는 별자리가 되었다 쓰레받기에 담긴 다리들이 필라멘트를 꺾은 채 파르르 떨었다 칸나꽃 화분 옆에 쪼그리고 앉아 죠리퐁 과자 같은 죽음들에 불을 붙였다 필라멘트의 점

멸 속으로 연기들이 다시 붙잡혀왔다 역한 노을이 콧속
으로 기어들었다 갈색 저녁이 입안에 우글거리고 있었다

기착지

문을 열면 연양갱 같은 사각형 어둠이 있었다 그 속에서, 죽은 나프탈렌들은 썩지 않고 부활을 기다렸다 문을 닫으면 열쇠 구멍으로 들어오는 실빛이 내가 살던 세계와 종이컵 전화를 연결했다

아무도 응답하지 않았다 방이면서 관이기도 한 공간, 삶도 죽음도 자라지 않는 기착지

따뜻함과 차가움의 중간, 악취와 향기의 중간, 어둠과 빛의 중간……

도망칠 수 없는 이의 오래된 습관이자 심판을 유보 받은 자의 자세, 무릎 사이에 얼굴을 묻고 허밍으로 노래를 불렀다 노래는 코트 소매 속으로 빨려 들어갔다가 내가 갈 수 없는 나라의 대로가 되어 뻗어 나왔다

털옷을 입은 사람들이 기나긴 겨울을 향해 걸어가고 있었다 아무도 숨을 쉬지 않았기에, 그들을 따라가려면

호흡을 멈춰야 했다 코와 입에 보푸라기가 폭설로 달라
붙었다 힘겹게 삼킨 숨이 배 속에서 좀약으로 굳어갈 즈
음

　종이컵 전화가 울렸다
　문이 열렸다 거울 하나만이 서 있었다

우산집

우산으로 만든 집에선 비가 손님이야

비가 자꾸 문을 두드려
젖지 않는 곳이 여기뿐이란 걸 알고 있나 봐

비를 비 맞힌 채 우리는 웅크리고 있었다

뾰족한 손가락을 가진 비는
우산 위에서 칠판 긁는 소리로 변하는지도 몰라

네가 통과시킨 오후가 파란 이마 위에서 밤이 되었다

우산집이 무너지면 세상이 모두 젖게 돼
문을 열어주지 말자, 여기서 나가지도 말자

땀이 강아지처럼 겨드랑이를 파고들고
우리는 자꾸만 침이 고였다

그림자 없는 비가 널 그림자로 만들려고 속삭이는 소리가 들려

집으로 가는 네 종아리에
내가 기억하지 못하는 죄악이 흘러내렸다

너와 내 비밀이 이젠 나만 아픈 병이 되어버렸잖아

나는 이 세상의 손님이야
비에 젖지 않는 곳은 아무 데도 없어

2부

오늘의 냄새

오늘의 냄새

낮이 화창하면 저녁은 우글거린다. 쇠고기 스튜, 까르미
네르 와인, 음식물 쓰레기, 달, 키스, 피, 오이비누. 냄새
가 모인 골목엔 아이들이 뛰어놀고, 냄새를 못 맡는 노인
들은 스스로 냄새가 되어 흩어지고 있었다. 익숙함을 기
억할 뿐 코는 감각하지 못한다. 담배와 꽃, 쇠와 유리 사
이로 아까시가 우유처럼 엎질러지는 오늘, 냄새와 향기는
어떻게 다르지? 냄새는 향기를 흉내 내고 향기는 어쩔 수
없이 냄새가 된다. 나는 네 향기보다 냄새가 좋아. 우리가
누운 자리에서 음식물 쓰레기가 된 쇠고기 스튜와 키스
가 된 까르미네르 와인과 오이비누에 씻겨나간 핏물 위로
달이 부풀었다. 너한테서 모르는 냄새가 난다. 이제 우리
는 코와 새끼발가락만큼 멀어질 거야. 너는 발을 코에 갖
다 대며 웃었다. 웃음소리가 잦아들자 아무 냄새도 나지
않았다. 우리는 한참 말이 없었다. 이미 죽은 땀 냄새 살
냄새가 우리의 마음이야. 창문을 열자 새벽이 짙은 몸을
방 안으로 밀어 넣었다. 냄새가 나지 않는 사람은 귀신,
서로의 냄새가 너무 익숙한 우리는 귀신처럼 새벽을 걸었
다. 손을 잡아도 손이 없고 어깨를 빌려줘도 머리가 없는.

미러룸

거울로 둘러싸인 방에서 당신과 연애한다 정면의 당신 후면의 당신 측면의 당신에게 입 맞춘다 두 개의 입이 여덟 개로 늘어난다 거울은 복리(複利)의 세계, 감각의 무중력 공간

거울에 갇힌 우리는 거울 밖에 있다 그것은 마치 얼음 속에서 빙폭의 바깥을 오르는 일, 오늘의 연애는 불가능의 가능성이다 거울과 거울이 겹쳐지면 우리는 증식하고 갇힌다 우글거리는 우리가 된다

하나의 거울 속에서 우리는 분명 웃었다 그러나 네 개의 거울 속에서는 겁에 질려 있다 거울과 거울 사이에 하얀 침대가 놓여 있고 침대는 우리의 알몸을 허공에 띄운다

우리는 거울 속에서 거울 바깥을 본다 또 바깥에서 속을 들여다본다 바깥은 폐쇄돼 있고 속은 열려 있다 나는 나만 보고 당신은 당신만 본다 눈빛들이 뜨거워질수록

당신에게선 소리도 냄새도 나지 않는다

　당신과 나는 지금껏 서로의 바깥에다 그림자만 잔뜩 싸질렀지

　우리는 서로를 사랑하지 않는다 거울과 거울 사이로 전화벨 소리가 들어와 거울 속에 적막을 만든다 거울의 감정을 알기 위해 불을 끄지만 우리는 한 번도 거울 아닌 적이 없었다

　거울만큼 완벽한 외도는 없다

나자르 본주*

죽어본 적 없는 네가 죽음의 온도를 내게 내밀 때 발가락부터 턱밑까지 얼음이 얼었지 뺨을 바닥에 대고 눈꺼풀로 헤엄치면 오직 한 가지 병만 앓을 수 있었네 약속을 구걸하는 얼굴, 마두금처럼 팽팽하게 당겨진 통증의 동심원으로 저녁을 빨아들였어

갈 수도 올 수도 없는 것들이 내일의 바다를 미리 끌어와 더럽힌다 푸른 홍채에 소용돌이치는 낯선 조류를 어떻게 감당하지? 시선을 고정시키면 하나의 상(像)만 볼 수 있는데, 동공에서 심해의 물소리가 난다

누워서 너를 지켜본다
지구에 떨어진 최초의 빗방울 같은 각막으로

어떤 날카로운 빛도 나를 통과해 네게로 굴절될 수 없다 깜빡이고 나면 네가 없을까 봐 오랫동안 악귀의 몸을 빌려야 했던 나의 불치(不治), 죽지 않을 만큼의 병명들로 서로를 부르던 어제의 착란

눈을 떴는데 네가 보이지 않아
오늘은 아무것도 보지 않기로 한다

• '악마의 눈'을 뜻하는 이슬람 신앙의 부적.

장마 냄새

비가 입술 위에 쏟아지고 입술의 빨강과 비의 무채색
이 더듬더듬 끊어지는 네 말에 쏟아지고

우산을 펴겠지 구름이 없는 하늘을, 젖지 않는 머리
카락을, 촛불 백 개를 켠 고해소를, 힘없는 무릎을 우산
속으로 데려올 거야 우산 속 어제로 우산 바깥의 내일을
밀어내는 가시 돋친 식물

흙물 흐르는 골목에 엎드리면 네가 사는 지붕까지 기
어갈 수 있어 빗속에 숨은 발꿈치를 들을 수 있어 네 몸
의 장마 냄새를 맡을 수 있어 소리에서 냄새로, 냄새에
서 예감으로, 예감에서 육체로 부글거리는, 오래 참은
말들이 이룬 한낮의 폭우

식물은 빗속에서 동물이 된다 눈으로, 귀로, 셔츠와
속옷으로 흘러드는 비를 마시며, 움직일 수 없는 몸으로
움직이는 뿌리의 수평, 꽃을 잃고 색을 잃은 진딧물들이
소름 돋는데, 몸을 둥글게 꺾으면 뱀과 넝쿨 중 어느 쪽

이 더 슬플까

  둥근 등뼈와 어깨의 비대칭, 작고 예쁜 젖가슴…… 우
리가 뒤엉켰다가 풀어진 자리에 곡선의 시절을 기억하지
못하는 비가 수직으로 내리꽂힌다

  얇은 살갗 하나 뚫지 못하면서 너는, 식물의 심장까지
어떻게 바늘을 밀어 넣은 거니

  비가 아파서 우산을 펴는 사람이 있다

늦봄의 역할극

무채색과 원색 사이

나비가 날개를 접었다 펴는 동안
당신의 혀가 화염을 당겨 놓았다
잠깐 잉태되었다가 지워지는 불구의 시간
잘못 적힌 지문만 바라보다 하루를 놓쳤다

두서없이 수식된 계절은 읽지 않을래요

당신이 몰래 심어 놓은 양귀비 위에서
어딘지 곪거나 떫은 우리의 키스
식도를 열고 창자로 내려가는 씨앗 몇 개
몸속 좁은 골목마다 열꽃이 피었다

꽃의 방백이 들려요

달궈진 밑에 밑이 데일까 봐
우리는 입맞춤을 멈추고

희미한 손톱들이 떠다니는 허공에다
색채들을 내던지며
새2 역할을 하는 양귀비와
양귀비1 역할을 하는 새를 바라보았다

당신은 그녀의 역할을 해야 해요

(탯줄 대신 뱀을 묶고 당신의 배꼽으로 들어간다)

(부풀어 오르는 배를 부여잡고 초록을 음독[飮毒]한다)

암전되지 않은 채 막이 내린다

이것은 축제의 냄새였다

그 여름에 이것은 축제의 냄새였다

연인의 체취를 지우며
나를 떨기나무 숲으로 데려간

벌레들은 높은 허공에서 내장이 터져 죽고
죽은 짐승은 목덜미와 동색(同色)이 되었다
멀리서 강물이 흘렀고, 강물보다 깊게 젖은 몸이
불꽃에 향기롭게 타들어갔다

술과 입술이 엎질러지자
머리카락에 스며든 훈연이
자루 속 뱀들처럼 뒤엉켜 더운 구름이 되었다
구름과 구름 사이에서
아이 울음소리 번쩍거리는, 세계의 끝저녁

이것은 분명한 축제
회색으로 부푸는 구름들

구름은 다른 세상의 은유, 없는 애인이 깔깔거린다

나를 번제단에 눕히는 회색 연기
눈 뜨고 입 벌린 채, 불이 되어간다

순간을 사랑해서 영원이 되어버린 다정함이여

사람은 가장 행복했던 시절의 이불을 덮고 죽는다

유혈목이의 책장

당신은 풀잎 위에 누워 돌을 떨어뜨리고 있었어요 나는 당신 귀밑머리에 매달린 하얀 박쥐들을 떼어냈고요 우리의 책은 폭설을 쏟아내고 있었지요 마른 혀도 꽃이 될 수 있을까요 그때 바람이 입속으로 들어왔어요

바람이 갈비뼈를 두드리자 피아노 소리가 났어요 소리가 빚어낸 동전 몇 닢 손에 쥔 하늘은 구름을 보름달 솥에 고았지요 어둠이 우러났어요 별가루 뿌리고 배추흰나비와 벚꽃잎 고명 얹은 국 한 사발 떠 주었지요

국을 들이켠 당신은 은어 떼 헤엄치는 수박 향기로 반짝였지요 당신이 흘러든 풀섶에서 유혈목이가 기어 나와 내 품을 파고들었어요 책장엔 진달래꽃 피어났고요 알몸을 포갠 우리는 따뜻한 무덤이 되어갔지요

여름은 무색무취

여름은 우리의 대화를 버터처럼 녹이고 있다

우리는 여름의 일에 대해선 이야기하지 않는다

맥주를 서툴게 따라 거품이 넘쳐흐르던 장면과

그것을 보며 나를 놀리던 네 웃음소리 같은 거

아무 색도 칠하지 않은 여름은 다 여름이 된다

김치를 찢는 방식의 다름이 우리의 다름이라고

일요일과 월요일만큼 가까우면서 아득한 우리가

한참을 싸우는 동안 김치찌개는 더 맛있어졌고

여름은 이제 빨간 국물이라는 이미지를 얻었다

간신히 색채를 빼앗기지 않은 여름들만 남아서

여름을 이루고 있다, 아무런 고통도 없이 막

태어나고 죽는 여름이 슬리퍼 신은 네 발 아래

빙글빙글 돈다, 찌개의 감정과 분위기가 사라진

여름에 우리는 오래된 노래를 오래된 방식으로

부르다 말다 하며 편의점 앞에 종일 앉아 있다

얼음 컵 속에는 이미 끝나버린 여름이 있고

너의 눈 속에는 아무것도 아니어서 고요한

여름이 있다, 이제 여름은 무색무취의 이미지

우리는 여름 안에서 꽤나 함께 사라지고 있다

神化

　썩은 올리브 같은 청동 덩어리, 라고 말했다 갈변한 파도의 무의식이 청동을 좀먹고 있었다 성기는 결코 중력을 이길 수 없다 커다란 복근과 성기의 왜소는 아름다운 비례, 온도를 가지지 못한 사타구니에서 쇠비린내가 났다 바닷가재 한 마리 옮겨올 수 없는 무릎 앞에서 둥근 눈들이 푸르스름한 오후를 떠 담았다 음소거된 신화는 감각으로 편입되는 것일까 포세이돈은 차갑다 단단하다 쇳내가 난다 장소를 잃어버려 그 자신이 장소가 된 기분을 설명할 수 없겠지 녹슬어 끈적거리는 대낮을 핥아먹으러 저녁이 왔고 이오니아식 농담들이 회랑 사이로 넘실거렸다 텅 빈 눈 속에 남루한 빛이 고이는 것 같았다 아무도 없음을 확인하고 우리는 팔다리를 벌려 흉내 냈다 나는 복근이 없었지만 발기했다 크게 웃는 소리와 어디에도 입힐 수 없는 오래된 이미지만 남았다 포크를 떠올린 건 배가 고파서였다 폐장 시간이었다

입산금지

계곡으로 올라가는 길은 불타고 있었다 나뭇잎마다
붉은 연기가 될 때 냄새로 기어오는 뱀의 기억

숲의 그을음이 살갗에 우툴두툴한 비늘로 돋아났다
뱀 냄새, 코를 막자 혀가 갈라졌고 혀를 삼키자 목젖에
독이 끓었다 계곡으로 기어 올라가는 길은 불타고

낮게 엎드리는 것은 빛나는 발목을 물어뜯기 위함이지
만 뾰족한 발에 짓밟히려는 자세야 알록달록한 발톱들
이 내 몸에 박혀 징그러운 표정이 되도록

초록이 검정이 되고 검정이 하얗게 부서질 때까지 울
었다

불탄 나무들은 전부 뱀이 되었다 나는 뱀과 뱀 사이에
서 팅팅 부어오른 시체처럼 폭설을 맞았다 뜨거운 이빨
이 식어가는 동안 계곡으로 올라가는 길은 폐쇄되었다

눈이 녹자 투명한 박제가 된 뱀들이 물소리로 계곡을
흘렀다 물에서도 바람에서도 뱀 냄새가 났다 세상은 곧
불탈 것처럼 바삭거렸다 내 얼굴에는 촘촘한 실금이

불과 빨강과 뱀

입속에서 몇 번, 계절이 바뀌어

네가 늦봄을 내밀 때 나는
꽃잎에 덮인 꿀벌들의 소로와
벼랑 틈 숨은 폭포를 몰래 감춘다

우리는 속으로만 스며드는 핏물을 붙잡고
선지 덩어리로 굳어지는 중이야
아니, 은밀한 배꼽까지 활짝 열고
진공 상태의 죽음을 듣고 있는지도 모르지

혀끝의 여름, 혀끝의 겨울
어느 계절을 가장 좋아해?
나는 모퉁이들로 우글거리는 마을이 될 거야
불붙은 얼음들이 떠다니는 테트리스도 좋고

그건 그렇고, 너는 정말 달다

이빨 사이마다 체온계가 꽂혀 있어
우리는 이제 전염병 창궐한 격리병동이야
비린내 나는 해동생선이야
달라붙어 떨어지지 않는 흉한 점괘야

서로가 도망 못 가게 불과 빨강과 뱀으로
묶어도 묶어도 아름다운 음악처럼 풀어져버리고
계절이 바뀌어도 도깨비 뿔 같은 종유석만 밀어 올리
는

우리는 서로 입 벌린 무덤이 되어
하루 종일 먹고 뱉고 먹고 뱉고
삼키지도 못하면서 죽었다가 부활하는
장난, 목구멍 타들어가는 불장난만 하면서

내 시체를 보았다

내 시체는 뻣뻣하게 굳어 행거가 세워진 방구석에 기대앉아 있었다 내 시체와의 동거는 유쾌하지 않았다 오싹한 냉기에 발바닥이 시리고 살 썩는 소리가 서걱거렸다 퍼렇게 색이 변해가는 내 시체를 옷으로 덮어두고 방을 나섰다 내 경직감이 내 팔다리에 전해졌다 내 시체는 혼자 남아 방 안의 어둠을 무서워할 줄도 모르고 배고픔을 느낄 줄도 모르고 뜬눈과 벌린 입으로 악취만 뿜어댔다 외출에서 돌아와 옷을 들추어보니 돌부처 같은 내 시체는 내가 살아서 배운 최초의 표정을 짓고 있었다 웃는 것도 찡그린 것도 아닌, 엄마를 처음 보고 지은 표정이었다 내 시체를 다시 벽에 기대어 놓고 옷으로 덮었다 티브이를 보면서 치즈피자를 먹던 내가 내 시체의 표정이 궁금해져 다시 옷을 들추었을 때, 내 시체는 온데간데없이 사라지고 방바닥엔 검푸른 얼룩만이 깊은 우물처럼 나를 빨아들이는 것이었다

키친 트래블러

두 개의 프라이팬을 나눠 들고 우리는 유통기한이 짧은 계절들을 조리했지 올리브유에 젖은 당근과 파프리카를 뒤집을 때마다 상큼함과 고소함 사이에는 마드리드의 폭염이 지글거렸고 배낭여행자처럼 웅크린 버섯들이 브로콜리 그늘 아래로 줄지어 갔네

우리가 헤어질 겨울에서 헤엄쳐 온 메로 한 마리가 당신 프라이팬을 사랑했고 그 위로 폭설이 내렸지 생선과 채소를 같이 구우면 안 되는 것은 달과 태양을 동시에 볼 수 없는 것만큼 자명해서 당신은 달을, 나는 태양을 이용하기로 합의했네

오레가노, 로즈메리, 바질, 페페론치노는 도시 이름이 아니지만 우리는 거기에 혀와 코를 번갈아 투숙시키며 짜고 매운 감정들을 낭비했어 밤의 그을음을 따라 왼쪽으로, 아침의 꽃잎들을 쫓아 오른쪽으로 각각 원을 그리며 접시 위에 노을을 쏟아부었네

두 개의 프라이팬이 하나의 요리를 완성하면 우리는 접시 위에서 몸을 포갰지 먹고 마시며 사라져버릴 것들을 사랑하느라 백설탕 엎질러진 선반에 우글거리는 개미들마저 음악으로 들렸네 개기일식 속으로 빛은 치즈처럼 늘어져 내렸고

요리는 일종의 여행이라고 당신이 말했고 나는 주방이 야간열차 같다고 대답했어 솥이 끓는 소리로 기차가 달리고 도마 위를 걸어오는 구두굽 소리가 점점 커지면 무뚝뚝한 검표원을 닮은 오븐이 고기와 채소들을 회수해 가니까

향신료들이 세운 도시를 지나 냉동육이 드라이아이스로 빛나는 겨울을 향해 우리는 떠났어 새로운 요리를 시작했다는 얘기지 혀가 가장 예민한 겨울은 이미 우리 앞에 와 있고 지난 계절은 싱크대 속으로 빨려 들어가는데, 사라지지 않는 이 허기를 어떡하지?

일기예보

잡풀들이 울고 있어
겨울밤 침대의 온기와
비스듬히 기울던 네 어깨의 경련이 들려
쓸쓸한 교정에서 울리던 차임벨 소리가
약 기운처럼 내 폐부로 가라앉아
오, 내게로부터 뻗은 길들이 뒷걸음질 쳐
왜 발자국마다 불쾌한 저기압을 남겨온 거지?
여전히 깊은 뿌리에선 벌레들이 우글거리고 있을까
발소리 멎은 자리, 떨리는 네 입술에선
말할 수 없는 말들만 후드득후드득 방울져 내려
네 숨결은 독보다 달구나
침묵으로 지은 집은 무너질 것만 같아

네 입술이 닫히는 순간
세상의 모든 문들도 닫히고
문을 품었던 집들은 와르르 무너져
젖은 먼지 날리는 네 숨결 속에서
고양이 새끼마냥 웅크린 불씨들이 태어나

나자마자 어른이 되어버린 불의 눈빛은
몸속에 수만 줄기 길을 내며 타오르고
나이테들은 가장자리부터 차례대로 지워져
가엾은 추억들아, 필라멘트를 꺾지 마
아직 내 속살에 새겨지던 그 지문을 기억해
보드라운 날갯짓이 어떻게 인두가 될 수 있었을까

다시, 침묵들이 방울방울 떨어져
물관 속에서 깜박거리는 불씨들
수억 촉 고통은 무슨 힘으로 불을 밝히지?
이제 물에 젖지도 불에 타지도 않는 몸뚱아리
까맣게 그을린 나는 얼마나 단단해졌나
언젠가 네 얼굴이 푸른빛으로 반짝이는 날
뒤틀리고 찢긴 살결을 보이며
검게 물든 엽록소를 배설할 거야

커플룩

1

스웨터는 따뜻한 인큐베이터, 찍찍거리는 털올들이 갓
태어난 온기를 입에 물고 겨드랑이를 파고든다 어제 네
혀가 축축하게 젖던 자리다 간지러워, 섬유유연제 향기
끝에 얼룩진 네 웃음

살갗이 살갗으로 스며드는 시간을 위해 스웨터에게 인
간의 웃음을 가르친다 차라리 거울 속으로 달아나고 싶
어, 그 무엇도 닮을 수 없던 시절엔 벗기 위해 입는 옷은
입지 않았잖아

순면의 잎사귀들 속에서 날아오른 새들이 세탁기에 갇
혀 죽는 꿈을 꾼다

2

네 소매가 원색으로 가득 찬 터널이면 좋겠어
웅크린 내 알몸만 겨우 들어갈 수 있는

노을과 토마토가 있는 옥상

토마토는 옥상에 대한 질투로 붉고 질기다 노을 속에 가득 찬 옥상의 육즙을 빨아먹는 것은 이 세계를 가장 맛있게 삼키는 방식, 달콤한 죽음이란 토마토가 케첩이 되는 순간이지만

당신이 키운 토마토는 어떤 음식에도 뿌릴 수 없는 피멍이 되었지

죽은 생선들이 바람 속에서 헤엄치는 옥상을 생각한다
하늘이 피 흘리는 곳
달이 젖가슴을 도려낸 채 호르몬 주사를 맞는 곳

옥상은 모든 붉은 것들의 신전(神殿)이 되었다

다시 태어나면 당신의 혀가 되겠어 화농하는 욕창이 되겠어 노을보다 더 붉고 뜨거운 나는 옥상에서 뛰어내린 토마토 속에 으깨지고 있다

달콤하고 비릿한

플라나리아

소녀는 도시의 검은 입술 속으로 기어들었다 점액을 휘감은 채 분홍빛 습기 자박자박한 소파 위에 달라붙었다 아직 독이 되지 못한 음란함이 옆구리에서 빛났다

입술 밖에서 썩은 피를 마시고 플라나리아가 되었다 입술 틈으로 들어오는 네온 빛이 소녀에게 보호색을 입혔으나 각질이 두꺼운 도시의 발뒤꿈치는 물어뜯을 수 없었다

마블링 선명한 밤의 체온을 감지하면 뱀들이 굵은 몸통을 출렁이며 눈앞에 섰다 열대야가 발작하는 사이 입술 속에선 온갖 혀들이 가래침을 독으로 바꾸고 있었다 혀는 목젖 깊은 곳에서 악취를 캐는 호미가 되었고 그건 키스방의 생존 도구였다

퉁퉁 불은 혀끝이 둘로 갈라지고 있었다 갈라진 혀를 끈적끈적한 피로 봉합했다 입술 속엔 또 하루 치의 독이 채워지고, 소녀는 혀끝에 푸른 잉크를 찍어 새벽이 인쇄

한 고지서에 이름을 적었다

아파서 빛나는 것들

하얀 방에서 얼룩진 알몸을 안았다
아파서 빛나는 것들을 사랑해
디아나의 수술 자국에 속삭였다
흉터는 바벨에서 추락한 최초의 입술
온갖 기의로 부풀고 오그라드는 행성
나도 너처럼 아프게 될 거야
소금과 햇살, 뜨거운 바람
하얀 것들이 쏟아졌다
이불은 구겨지면서 겨울 숲이 되고
자고 나면 없는 사람처럼 아프고
다른 계절이 되어버린 디아나와 나는
환자복을 입고 흉터를 감추고
하얀 방에서 나와 해변을 걸었다
여름을 걸으며 금방 열이 올라
다시 알몸으로 이불에 엎드려
수술 자국과 입술의 서로 알 수 없는 언어
첫눈 밟는 소리로 한참을 속삭였다
손톱과 무릎이 하얘지고

솟아오르는 모든 끝들이 끝을 버릴 때까지
디아나의 얼룩이 내 입술로 옮겨올 때까지

3부

내일 비가 온다면

흩어지고 돌아온 것이 고작

오랫동안 연인이었던
뼈가 바닷물로 살을 붙여
곁에 눕는다

한 번도 만져본 적 없는
단단한 기다림이
커다란 기계의 부속들처럼

톱니 맞물려 돌아가는
정교한 슬픔
너는 흩어지다가

남은 것이다
최후의 신
신의 최후를 뭐라고 부를까

은밀한 것은 이토록 뻔하고
분명한 것은 사라지고 없어

나는 너를 부서뜨릴까 봐

아름답구나
울면서 그리워한 것이 고작
다 흩어지고 돌아온 것이 고작

너는 두드리면 소리가 나고
손에 쥐면 차갑고 메마르다
감각 대신 기억으로

살아 있는 사람
썩지 않는 생일
꿈속까지 파고드는 숫자들

나는 너를 생략하고
다른 물체가 될 것이다
먼 훗날 같은 오늘

네가 돌아와서 기쁘다

여름 강은 늑대처럼

강바닥이 얼굴을 잡아당긴다
돌에 붙은 다슬기들이 꼬마전구를 켠다
나는 물속에서만 얼굴이 환한 사람
불어나서 흐물거리는 내일의 표정

젖은 눈썹은 물고기의 편식 습관이 되고
나는 물속에서 흐르지 않는 것들의 수수께끼가 된다
새벽이 머리를 갉아먹는 동안
지문 없는 손가락으로 어루만지는 초록곰팡이
맑게 반짝이던 앞니, 덜 마른 셔츠

오랫동안 나였던 굽은 자세가 떠오른다
아무리 흘러도 닿을 수 없던 귓속말에 사이렌이 울린
다
신발 좀 벗겨 줘, 발가락들을 버리고 싶어
세상은 벌써 회색 폐전구야

강은 물과 돌이 아니라

끈적거리는 침과 이빨

송곳니, 송곳니, 부러뜨릴 수 없는 흐름

날카로운 이빨들이 여름을,

살 수 없던 시간을 뜯어 먹는다

은빛으로 우는 짐승은 모르는 꿈으로 나를 데려가고

빨간 입술의 계절

오늘 당신은 나쁜 계절을 충전한 빨간 입술이다

입술이 열리면 먼저 비린내가 난다
냄새 뒤에 오는 것은 온기 또는 냉기
습기 아니면 건기다
온기와 습기를 숨이라고 한다면
숨 다음에 오는 것이 계절이다
차갑게 젖거나 바싹 마른 계절은
아직 냄새 이전에 있다

당신은 계절을 소식이라고 한다
소식은 계절의 우표다
나쁜 소식 없이 나쁜 계절은 오지 않는다
당신과 나 사이에서 창이 흔들린다
바람이 불고 비가 올 것이다
어제는 햇빛이 좋은 소식처럼 쏟아졌다
너무 맑은 날은 믿을 수 없다

헛기침과 마른벼락을 지나
몇 개의 숨을 넘어서 오는 당신의 소식
우리, 라는 음절은 오늘의 나쁜 우표다
열린 창으로 비가 들이친다
무섭게 쏟아지는 계절을 막을 수 없다
겨울도 저 빨갛고 조그만 구멍에서 올 것이다

내 입술은 더 이상 당신의 계절에 핀 꽃이 아니다

비 개인 저녁의 안부 편지

네가 사는 마을에는 은빛 비가 내릴 것 같아
수련 위에서 빗방울은 찬 빛을 뿜겠지
햇살이 젖은 꽃잎을 말리는 동안
물방울은 붕붕거리는 데이지 향이 되어
네 반지에 내려앉을 거야

물소리가 일어나는 네 자궁 속에는
손끝에 별빛을 틔운 아기가 웅크리고 있겠지
백합과 히아신스 그리고 티아라
그 꽃말들을 아직 기억하는지
네 입술이 뱉는 자음 모서리에 나비가 날아들고
들뜬 아기는 자꾸만 발을 구를 거야

가로등이 이끄는 수레에 저녁이 담기고
감자 수프 냄새로 내려앉는 밤하늘,
너는 서툰 이국 말로 상인들과 흥정하며
별을 담듯, 쾌활하게 장바구니를 채우겠지

네 입술이 엎지른 적포도주가 되어
바게트 빵 같은 어깨로 스며들면
저 먼 대륙에서는 소년병들이 쓰러지고
벵골호랑이는 질긴 살가죽을 찢으며
피비린내를 음미할 거야
잠깐이라도 소년병들과 벵골호랑이를 생각해 줘
그러면 내 더벅머리도 떠오를 테니

내가 비 개인 붉은 저녁을 바라볼 때, 너는
오전의 싱그러움 속에서 빨래를 널고 있겠지
저 노을은 네 침실의 할로겐 불빛일 것만 같아
긴 손톱으로 할퀴어 놓은 흉터가 따끔거려
까마귀가 날아와 내 살을 쪼아 먹기까지
달빛에 몸을 말리며 여기 서 있고 싶어
젖은 몸이 날아오를 수 있도록

라키 술은 라키라키

라키 술을 마시고 라키라키 웃으며 소금 언덕을 걸어
올랐다 기온은 34도 체온은 37도 라키는 40도 오후의
빛이 사막 모래로 넘실거렸고 샌들 위에서 발바닥은 호
떡처럼 익었다 술은 언젠가 잃어버린 영혼일까 얼굴만 알
고 이름은 모르는 소녀가 라키라키 웃었다 몸속을 떠돌
던 술과 여기저기 마구 쏘던 태양이 정수리에서 만나 어
질어질 헬륨 가스 목소리로 소녀를 불렀다 소녀의 이름
은 기분 체온은 0.5도 나는 전생에 기분을 잃어버린 가
엾은 라키라키 이제야 충만한 느낌이 드는군 기분이 웃
으면 나도 웃었고 웃음은 올리브나무마다 요란한 풍뎅이
를 매달아 놓았다 나와 기분이 팔짱 끼고 라키라키하는
동안 양젖 끈적이는 저녁이 왔다 저녁은 30도 기분은 45
도 라키보다 뜨거워진 나는 이러다 죽을까 봐 라키라키
차가운 술을 마셨다 어느새 파랗게 질린 얼굴들이 밤 열
시에서 열한 시로 걸어가고 있었다 술은 기억할 수 없는
꿈일까 나는 사라지고 기분만 남아 라키라키 소녀가 여
자가 되고 할머니 되는 기분 내 영혼은 소녀 소녀의 이
름은 기분 라키라키 꿈이 펄펄 끓었다

욕조에 누워 있다

물은 따뜻하고 점점 단단하다 한 방울씩 목숨이 떨어지는 소리 들린다 거울 속엔 아무도 없고 수챗구멍은 내 그리운 잠의 입구

눈 내리면 욕조에 누워 샴페인을 마셨다 입욕제 거품을 뭉쳐 체모 위에 눈사람을 만들고 산타클로스를 만들고 백 개의 눈망울과 단 하나의 마음을, 금방 녹아내릴 약속을 뭉게뭉게 피워 놓았다

다시 겨울이 오기까지 욕조엔 물이 없었다 말라 죽은 식물처럼 속이 텅 비어 음울한 악기가 되어버린 폐선

눈이 내린다

욕조에 누워 있다

가장 멀리까지 갔다가 돌아오지 못한 눈발이 욕조 위에 내려앉는다

하얀 것은 하얀 것에게로, 붉은 것은 붉은 것에게로

싱싱한 물고기처럼 물을 튀기던 종아리가 있었다 거품
아래 몇 개의 알을 품은 채 빛나는 발뒤꿈치로 부드럽게
나를 휘감던

배수구로 흘러든다 몇 가닥의 체모만 남기고

텅 빈 몸에서 술 따르는 소리가 나는 장례

키스

여자는 마포대교 난간에 앉아 그림자를 한 방울씩 떨어뜨리고 있다 나는 여자의 귀밑으로 흐르는 햇빛을 닦아내는 중이다 우리는 몇 시간 전에 만났다 기왕이면 금빛 죽음이 좋겠습니다 나란히 앉아 석양을 기다리는 사이

바람이 시원해서 달콤하기까지 하다는 나를 여자는 미친놈 보듯 쳐다본다 강물에서 재즈 피아노가 들린다고 하는 여자를 나 또한 이해할 수 없다 몸이 곧 폐쇄됨을 알아차린 감정들이 밖으로 도망쳐 나온다 아무 말이나 지껄여도 눈물 나게 아름답다 미친년이라도 사랑하고 싶다

여자와 나는 서로를 끌어안고 난간 위에 선다 강물이 하늘을 빨아들여 금빛 탑을 세워 놓는다 이제 죽어도 좋겠습니다 금탑을 향해 뾰족해진 발이 얼음처럼 떨린다 살아서 다 심장에 박지 못한 절망들이 발밑으로 꽃 넝쿨을 늘어뜨리는데

우리는 금빛으로 죽어가면서 입 맞추고 있다 금빛으로
살아나면서 그림 액자가 되고 있다 서로의 캄캄한 입술
속으로 걸어 들어가면서 다른 세상의 황금을 캐는 광부
가 되고 있다

우리는 몇 시간 후에 만났다
하나의 금빛으로 섞인 채,
입술을 반쯤 연 채로

하늘 우체국

하늘 우체국에 가본 적 있다
구름이 치는 전보 속에서는
깨알빛 새들이 시옷자 날개를 펴고
텅 빈 서쪽을 향해 날아가고 있었다
우체국을 품고 있는 산맥의 품에서
연필심이 수런수런 피어올랐다
만년설 아래에도 흑연이 숨어 있을까
투명한 결정들이 지면을 이룬
거대한 엽서를 한참이나 바라보았다
눈 깜빡이듯 낮과 밤이 바뀌는 동안
사람과 산양들이 서툰 글씨로
저마다의 사연을 기록해둔 곳
잉크 자국조차 가물가물한 설원엔
펜촉을 닮은 바위들만 솟아 있었다
손바닥만 한 알프스를 사서는
그 뒷면에 한 글자도 쓰지 못했다
마을까지 퍼지지 못하고
바람에 증발되는 목동의 노래가

불현듯 떠올랐기 때문일까
눈 삼키다 멈춰 선 제설차의 기침을
옮겨 적을 수 없었다, 그때
해발 3,500미터의 쓸쓸한 우체국*에서
네가 있는 서울 반지하 주택까지의 거리가
크레바스보다 더 움푹 팬 흉터로 아려왔다
나는 한 글자도 쓰지 못한 엽서 위에
긴 문장을 적듯 천천히 우표를 붙였다
유리창에는 서리가 적어 놓은 주소가
소리 없이 지워지고 있었다

* 알프스의 융프라우요흐 전망대에는 세계에서 가장 높은 곳에 지어진 우체
국이 있다.

100

무릎베개

　더 둥글어질 수 없는 무릎을 베고 잔다 머리가 부드럽게 무릎으로 스민다 빛과 소리를 빨아들이는 무릎은 오래된 모퉁이여서 더러운 맨발로 도망쳐 온 얼굴들의 국경이 된다 살과 뼈가 서로를 억세게 잡아당기는 곳, 뿌리내린 비누 향기가 덩굴손을 뻗는다

　잠꼬대는 무릎 속에서 완전한 문장이 되고 그 문장들은 누구에게도 들키지 않는다 내 이마가 스며들수록 선명해지는 무릎의 풍경이 맹그로브 숲*을 펼쳐 놓는다 진흙에 파묻힌 갑각류들을 주워 들면 전부 색채를 잃어버린 어제의 이름들, 살갗의 마찰이 일으킨 습한 바람 속에 꺼끌꺼끌한 눈썹들이 날아다닌다

　호흡과 체온마저 무릎 속으로 빨려 들어가면 늪에서 이마를 건질 수 없다 잔뜩 주워 담은 이름들을 버리면 꿈이 가벼워진다 당신의 무릎이 떨리는 건 홍수림(紅樹林)이 곧 사라진다는 신호, 숲이 투명해지기 전까지 부드러움과 단단함을 모두 지닌 무릎을 혀로 핥아 습지대의

지도를 그려야만 한다

　초록 모래 속에서 기어 나온 물고기가 태양을 향해 헤
엄쳐 가는 꿈을 꿨어 당신의 무릎과 내 슬픈 꿈 중 어느
것이 진짜 신기루일까 다가오지 마, 뺨에 돋아난 돌이끼
가 연한 피부를 다치게 할지 몰라 우리 언제 만났었지?
금방 어두워지는 저녁이 당신 무릎에서 푸른 눈을 뜨고
있어 꿈속 물고기를 닮은

* 열대와 아열대 지역의 염성 습지에 형성되는 상록수림. 홍수림 또는 해표림
(海漂林)이라고도 한다.

고양이와 놀기

알록달록한 손톱을 접시에 담으면 붉은 수프가 창틀을 넘쳐흘러요 코트 소매에서 와인이 쏟아지고 꽃병에 담긴 해바라기가 그걸 받아 마셔요 우리는 아무 말 없이 식사를 마쳐요 뜨거운 입술이 뛰어노는 방, 왈칵 엎질러진 숨 속에서 고양이는 금세 자라나고

허리를 숙이고 줍는 것은 방바닥에 흩어진 고양이털이에요 끈적끈적한 손가락 끝에서 우리가 벗어 놓은 꿈들이 검게 썩어가요 어떤 꿈은 가사 없는 노래를 닮았어요 어떻게 읽어야 할지 모르면서, 숨 쉬듯 꾸는 꿈과 그림자 사이에 고양이가 웅크리고 있어요

서로의 몸 어디에선가 죽었다가 살아나는 연습을 해요 발톱이 할퀴고 간 옆구리에 달이 뜨고 비가 내려요 부풀어 오른 몸에서 허기진 고양이가 기어 나와 창밖으로 달아나요 이마에 닿은 입술이 보라색으로 빛나는 게 보여요? 고양이가 물고 놀던 꽃잎이에요

겨울바람의 에튀드˙

당신의 발가락은 오래된 건반, 거기서 떨어진 봄의 기억은 모두 음악이 되었다 악보를 읽을 줄도 모르면서 계속 걷는 발이 불쌍해, 발톱이 튕겨내는 겨울을 창백한 소리로 노래하며 걷고 또 걸었다

내 입술은 당신의 언 발가락을 녹일 수가 없어, 햇빛을 날카롭게 갈아 굳은살을 베어내도 차가운 음계는 발끝을 떠나지 않았다 이 음악만 끝나면 집으로 돌아가자, 발가락이 유리잔처럼 깨져버릴 것만 같아

폭설은 이미 잘 짜여진 한 벌의 옷처럼 우리를 감쌌고 얼음의 숨소리가 귓가에 파란 브로치를 달았다 발톱에서 솟아오른 달이 하얗게 변할수록 길은 불협화음으로 부서져갔다 유리 바다를 걸어도 얼어붙은 발에선 피가 흐르지 않았다

따뜻한 바람이 발가락 사이에서 불어왔다 한 계절보다 긴 음악이 마침내 끝나가고 있었다 더는 걸을 수 없

어, 언 몸을 녹이려고 끌어안았을 뿐인데, 당신은 맑은
파열음을 내며 수천 조각으로 깨졌다

　내가 들은 가장 아름다운 음악이었다

　• 쇼팽의 연습곡 「Etudes」 25번 중의 제11곡, A단조.

캐스터네츠 연주법

너에게 캐스터네츠를 줄게. 다음 피를 흘리기 전까지는 박자에 익숙해지렴. 왼손이 기르는 돌고래 주둥이에 캐스터네츠를 끼워 넣어. 손을 오므릴 때마다 딱딱, 뼈들이 박장대소하겠지.

사실은 캐스터네츠가 너를 연주하는 거란다. 아무리 세게 부딪쳐도 부서지지 않는 이 악기는 형식 없이 음악을 세우고 네 모든 박자를 집어삼키지. 턱이 튼튼해서 너를 꼭꼭 씹어 먹을 수도 있어.

리듬감이 생겼다면, 해마들이 음표로 솟아나는 이 밤에 괘종시계는 필요 없어. 땡땡 부어오른 진주 가리비와 네가 한 입 베어 먹은 달만 있으면 돼.

딱딱, 네가 아껴 놓은 어제들이 덥석덥석 사라지고 너는 시계 방향으로 눈물을 떨어뜨릴 거야. 괜찮아, 아무리 아파도 캐스터네츠를 버려선 안 돼. 다시는 음악을 연주할 수 없거든.

음악에 손톱이 자라나는 건 캐스터네츠가 일정한 박
자로 안개와 덜 마른 빨래들을 삼킨 까닭이야. 무엇이든
먹어치우는 이 작은 지옥은 입 벌린 무덤이 되기도 하
지. 나비 날개 같은 비밀을 책갈피로 꽂아 두도록.

딱딱, 꽃의 이빨이 부서지는 소리, 밤이 달의 무게를
못 견디고 발목을 접질리는 소리, 들어 봐, 마른 핏자국
이 점점 반투명한 미소가 되는 변주를.

시계 속의 안개

안개가 시계 속에 알을 낳는다
뿌옇게 울음을 터뜨리는 둥근 이마들
핀셋을 쥔 초침이 반투명한 뼈들을 부숴도

안개는 또다시 산란한다
모든 것을 통과시키지만 어느 것도 내보내지 않는

유리에 갇혀

시계 속에서 태어나고 죽는 시간을 안개,
라고 불러본다
머리맡에 물이 흐르는 날이면 어김없이
꿈에서 백발의 디아나를 본다
세 시와 다섯 시 사이에 번지는 습기가 젖은 발톱이라
면
디아나는 지금 파란 입술을 버리고 있는 중일까

안개가 알을 낳기 시작한 뒤부터 나는

똑딱 똑딱
죽은 시간을 데려다가 끌어안고 잠드는 미치광이가 되
었다

유리 속에서

원망도 기대도 없이 나를 보는 눈들을 손으로 문지르
는
냉혈한이 되었다

시계를 서랍 속에 넣어 두기로 한다
디아나가 서랍을 열고 차가운 발을 내밀 때까지 나는
몽정을 할 것이다

시간 속에서 시간이 죽듯
안개 속에서 나를 죽이며

장마엔 카페인이 필요하고

장맛비처럼 여자들이 죽었다

비가 멈춘 날엔 커피가 많이 팔린다 도시엔 카페인이
필요하고 달콤한 불안은 덩어리져 녹을 줄 모른다 사건
마다 가격이 매겨지고 휘핑크림 같은 소문이 뭉게뭉게
뜨는 오후

옷 속에 칼을 숨긴 사내를 찾아야 한다 철물점 망치의
개수를 세어봐야 한다 배수구 빈칸에 적힌 고양이의 목
격담을 번역해야 한다 이웃과 인사를 나눠선 안 된다

여행 가방과 택배 상자와 냉장고엔 토막 난 여름이 담
겨 있다 네모난 것들은 네모난 공포를 만드는 거푸집이
다 옆집의 오랜 외출을 통째로 삼킨 벽걸이 티브이는 말
이 없다

커피포트 끓는 테이블 위에 커피가 없다 장마엔 카페
인이 필요하고 불면은 티브이의 묵비권을 견디는 힘이다

편의점은 이웃집과 배수구와 철물점이 있는 골목 끝에
있다

  에스프레소 엎질러진 골목에 방범 카메라가 커피 찌꺼
기로 붙어 있다 불 꺼진 창문이 짧은 외출을 꼬나본다
배수구 위에서 고양이들이 비둘기 시체를 밀매한다 철물
점 셔터에 스민 누군가의 그림자가 불빛을 날카롭게 갈
고 있다 안녕하세요 막 모퉁이를 돌 때

  다시, 비가 내린다, 커피를 볶듯, 후드득후드득, 고양
이 눈에 찍히는, 바코드

유리 어항

오늘 우리가 입에 문 사탕은 유리 어항

알록달록한 물고기들이 헤엄치고 있어요 우리는 어항
속으로 들어갈 수 없는 내일의 꽃잎을 미끼로 던져요

꽃비를 바라보는 눈들은 천진해요 어항 밖으로 그림자
를 쏟아내기 위해 몸을 둥글게 말았다가 펴는 물고기들,
어떤 음(音)도 통과할 수 없는 유리 속에서

허밍 소리

살아 있는 물고기는 유리 밖으로 나갈 수 없고
유리 밖으로 나간 물고기는 모두 죽은 물고기

꽃잎을 물고 나오는 물고기들은 죽어 있어요 어항 속
에 남아 있는 물고기들은 빛처럼 헤엄칠 수 있지만 어항
은 이미 빛도 드나들 수 없는 암실, 내일의 꽃은 흑백으
로 시들어 가는데

우리는 물고기들에 이름을 붙여요 똑같이 생겨 이름
을 붙일 수 없는 물고기들은 그냥 죽은 물고기라 부르기
로 하고요

물고기, 죽은 물고기, 물고기, 죽은 물고기, 물고기,
죽은

망각은 언제나 달콤해요 사탕을 문 입술 위로 먹고 마
시고 노래하는 입술이 포개어져도

깨지지 않아요 그저 녹아 없어질 뿐

비의 미장센

비는 / 부드러운 카메라 무빙과 / 거친 필름 질감을 / 혼합한다 / 배우들이 우산 아래 감춘 눈썹은 색감이 과장됐다 / 코끼리 늑골보다 더 굵은 우울이 / 배우들의 불규칙한 식습관을 읽어나간다 / 자막을 삽입하느라 필름 빛깔로 눈이 물든 택시 기사들이 / 일본어 중국어 회화책을 들고 있다 / 현장에선 누군가 라면을 쏟아버리는 실수를 하기도 한다 / 면발을 쪼아 먹는 비둘기들은 너무 뚱뚱해 / 소품으로 쓸 수가 없다 / 어스름이 필름을 문질러 / 그로테스크한 영상미를 만든다 / 냉동 탑차와 피자 배달 오토바이가 합을 맞춘 액션 신은 / 롱테이크로 간다 / 널브러진 피자에서 피어오르는 김을 근접 촬영해 / 안개로 위장한다 안개 속에서 일그러지는 몸짓들 / 앰뷸런스에 길을 내주는 운전자들의 연기는 부자연스럽고 / 피가 아스팔트를 스멀스멀 기어가거나 / 뒤집힌 오토바이 바퀴에 불빛이 휘감기는 건 / 낡은 미장센

이것은 비가 자주 쓰는 연출 기법이다

내일 비가 온다면

비가 올 수 있을까
밥을 삼키는 식탁 위에

냄비 받침이 더러워지는 날들
숟가락으로 퍼 먹을 밥이 남지 않을 때까지

자주 배가 고프고
열이 내리지 않는 생활

무릎으로 머리가 기울어지고

기울어지는 곳이 바닥이고
바닥에 깨져 구르는 게 내일이고

내일은 사막에 두고 온 겨울 장갑을
가지러 가자
모래로 눈사람을 만들어
식탁에 앉히는 거야

밥숟가락 하나만 더 놓으면
모래가 부드럽게 물결치는 소리
밥이 부족하면 모래를 씹을 수 있겠지

식탁에 오르는 것들은 전부
죽거나 다치거나 뒤틀려 있어서
잘린 다리와 토막 난 등뼈를 입에 넣고
우물거리면

헨젤과 그레텔은 버릴 빵이 있어 좋겠다

비가 온다면

식탁 위에
사막에
죽은 사람들 얼굴에
사용하지 않은 음식물 쓰레기봉투에

내일 비가 온다면

몇 배로 불어나는 바닥
진흙이 되어 밀려들어오는 사막
맑은 빗물이 담겨 찰랑이는 접시
아무도 죽지 않는 부엌
나뭇가지처럼 잎이 돋아나는 손목

비가 온다면
처음으로 밥을 남길 거야
다치고 죽은 것들은 먹지 않을 거야

사막에 겨울 장갑 대신
너를 두고 올 거야
빵 부스러기들이 가리키는 길 따라

비처럼 맑은 통증으로 흘러가

내일의 바닥이 없는
사막에서 오늘

토마토 축제처럼
태양이 함부로 버려지는
세상을 볼 수 있겠지

모래 속에서

아포리아적 존재론을 꿈꾸는
감각의 이미지스트

박상수(시인, 문학평론가)

1. 불에 타지 않는 뺨에 관하여

"불이 혀를 내밀어 집을 삼키는 그림을 그릴 거야 우리 집이 그렇게 타버렸으니까, 잘 그릴 수 있어(…)//불을 더 빨갛게 그리라니까, 선생님이 뺨을 때렸다 화끈거리는 뺨 위로 햇살이 눌어붙었다"(「불조심 포스터」)

누구에게나 세계 인식을 규정짓는 원초적 순간이 존재한다면 이병철의 시적 자아에게 그것은 아마도 '불의 이미지'가 들이닥친 유년의 어떤 순간이 아닐까. 갑작스러운 불 때문에 집이 온통 타버린 후, 불로 인한 상실감과 불에 대한 막연한 공포는 '불조심 포스터'의 불 색깔을 진하게 칠할 수 없는 자기방어 기제를 작동시킨다. 분노와 상처의 예술적 승화에 동의하기는 하였지만 무의식적 반발심은 불을 진하게 색칠하는 것에까지 이르지는 못했으리라. 하지만 빨갛게 칠해지지 않은 불은 불이 아니기에 선생님은 뺨을 때리면서까지 붉은색을 더할 것을 강제하고 아이러니하게도 폭력적 강요에 굴복한 시적 자아는 그로 인해 상을 받으며 제도의 승인을 얻는다.

시집의 초반부에 실린 「불조심 포스터」를 따라 읽으면 육체에 각인된 불의 열기를 어루만지며 현실법칙에 포획되지 않는, '아프리카'로 대표되는 미지의 새로운 공간을 그리워하고 꿈꾸는 한 소년을 만나게 된다. 그러나 현실법칙 내에서 이름을 얻은 그 공간도 영원한 구원의 이름이 될 수 없음을 자각하게 되던 무렵 이번에는 시적 자아를 가장 따스하게 위로해 주던 할아버지의 죽음을 맞이하고, 그가 불 속에서 재로 변해 가는 순간을 경험한다. 불은 두 번이나 사랑하던 것들을 앗아 갔다. 어른들의 위로의 손길은 시적 자아의 뺨에 제각각의 열로 전해지지만 그 무엇으로도 위로는 완결될 수 없으며 다채로운 감각적 기억으로 남아 이후의 풍경들을 구성한다. 시의 후반부 "불이 데려갈 수 없는 사람을 사랑하겠어/아니, 내가 불이 되어 당신들을 데려갈 거야//온몸에 불이 붙은 채 대로를 달리는 상상을 한다 불은 예쁘고 따뜻하다//불이야, 누가 외친다/불에 타지 않는 내 뺨, 거기 반짝이는 웃음을 조심하라며"라는 구절을 읽노라면 불 이미지의 폭력적 침입에 그대로

주저앉아 패배를 확인하기보다는 오히려 그것을 독특한 삶의 에너지로 전유하여 독자적인 성장 서사를 써 나가겠다고 다짐하는 목소리를 확인하게 된다.

2. 안 보이지만 존재하는―소리와 냄새의 존재론

시인이자 비평가, 또한 칼럼니스트로서 다방면에 걸친 재능을 선보이고 있는 이병철의 인상적인 첫 시집에 대해 말하기 위해서는 불에 타지 않는 ― 그렇다, 불에 타지 않는다는 것이 중요하다 ― 즉 '무엇으로도 포섭하거나 설명할 수 없는 존재가 되고 싶다는 열망'과 '현실원리로는 이름 붙일 수 없는 사랑에 대한 꿈'에 관해 이야기해야 한다. 이 두 가지의 힘은 이병철의 시를 움직이는 중요한 동력이다. 덧붙여 불 그 자체로, 또는 열기로, 혹은 육체의 뜨거운 감각으로서의 '불 이미지'는 이병철의 유년기를 다룬 시편들에 두루 영향을 끼치고 성장한 이후에도 풍경의 감각적 선택과 이미지의 역동적인 변주를 추동하는 데에 유효한 힘을 행사한다.

①
불꽃을 오래 보면 눈 속에 연어들이 헤엄쳐 온다, 너는 그 말을 좋아했다 폭죽 연기에서 비린내가 났다 불꽃을 다

121

쏟아낸 폭죽은 어느 강가의 죽은 물고기처럼 함부로 버려
졌고//우리는 불꽃에다 새와 나무, 동물들의 이름을 붙였다

-「불꽃놀이」부분

②

　이것은 돋보기로 개미를 태우던 날의 일기다//(…)//커피
를 마시는 것이 금지된 아이들의 발치로/커피 알갱이 같은
개미 떼가 알레그로 모데라토/아직 태어나지 않은 음악의
악보를 그리며 기어올 때//저승사자 놀이를 하자!//잘 익은
머리통에서 실잠자리 같은 연기가 팔랑였다/(…)//우리도 죽
어?//묵직한 음악이 빛의 항문 속으로 **빨려** 들어가는 게 보
였다

-「저승사자 놀이를 하던 대낮」부분

③

　아무도 날 찾지 못했으면 좋겠어/보이지도 들리지도 않
는 냄새가 되고 싶어/멀리서 가깝고 가까이서 먼 라일락처
럼//환풍구는 어둡고 따뜻하다/세상은 오직 냄새와 소리다/
(…)/술래는 유령처럼 어디든 다닐 수 있지만/환풍구는 유령
도 들어오지 못하는 곳/여긴 무덤이고 나는 이 세상에 없다

-「숨바꼭질 1」부분

유년기의 에피소드가 두드러진 1부에 실린 시 중에서

도 인용한 세 편의 시는 이병철의 시적 자아가 들려주는 유년 풍경이 불 이미지의 흔적 안에서 자연스럽게 작동하는 것임을 알려 준다. 물론 여기에는 '무엇으로도 포섭하거나 설명할 수 없는 존재가 되고 싶다는 열망'이 배후로 작동한다. ①의 시를 보면, 하늘에서 터진 불꽃의 파편들이 눈 속의 연어처럼 헤엄쳐 불꽃놀이를 더욱 매혹적이고 생동하는 풍경으로 채색한다. 또한 ②에서도 살아 있는 존재를 불살라 지워 버리는 불의 일반적이고 폭력적인 이미지는 시적 자아의 파괴적인 힘으로 전유되어, 금기가 자리 잡지 않은 아이가 자신보다 연약한 존재를 태우는 순진무구한 폭력으로 대체된다. 아이는 불에 고통받는 존재가 아니라 불을 다루는 존재이며, 그렇기에 가학적인 자신의 힘을 자각하며 은밀한 쾌감으로 행위를 계속한다.

그러나 이병철의 시적 자아가 선보이는 역동적이고, 때로는 폭력적일 정도의 파괴적 힘이 제한 없이 펼쳐지지 않는 이유는 그 끝에 늘 죽음이 있기 때문이다. 죽음은 아이를 일찍 철들게 한다. 자신이 이유 없이 태워 죽이는 개미처럼 자신들 역시 언젠가는 죽게 될 거라는 자각이 ②의 중반 이후, 이들의 놀이를 단순한 유년 에피소드에서 조금 더 나아가게 한다. 같은 이유로 실은 ①에서도 불꽃을 쏟아낸 폭죽이 죽은 물고기처럼 버려지는 순간에 대한 주목이 있으며, 제대로 터지지 못한 폭죽 때문에 손에 화상을 입고 떠나는 '너'가 등장하기도 했다는 사실을 기억할 필요가 있다.

바로 이러한 순간에 우리는 상상해 볼 수 있다. 상징적으로나마 현실원칙에 포획되지 않는 길에 대해서라면 ③이 하나의 선택지가 될 수 있지 않을까. 이미 등단 심사평에서 "이병철의 시는 이 불길한 죽음의 낌새를 '냄새'와 '소리'라는 구체적인 감각으로 형상화하려고 한다는 점에서 독특하다"(『시인수첩』, 2014년 봄호)는 평을 얻은 바도 있거니와 이러한 평가를 좀 더 선명하게 다듬어 보면 어떨까. 실은 시적 자아가 "아무도 날 찾지 못했으면 좋겠어/보이지도 들리지도 않는 냄새가 되고 싶어"(「숨바꼭질 1」)라고 말하는 이유는 죽음에서 자유로울 수 있는 길이 바로 '보이지도 들리지도 않는 어떤 것'이 되는 일이기 때문이다. 그 존재의 형식이 '냄새'이다. 시집 전체를 읽은 감상을 보태어 폭넓게 유추해 보자면 '소리'와 '냄새'는 죽음의 낌새를 전달해 주는 1차적 매개물이지만 동시에 (보이지 않을 뿐 아니라) 소리와 냄새마저 지울 수 있다면, 현실원칙에서 자유로울 수 있다는 점에서 '자유의 정도를 측정하는 x축과 y축'이 될 수도 있는 것이다.

자유의 단계로 보자면 안 보이는 것이 1단계이고, 소리와 냄새로 존재하는 것이 2단계이며, 소리와 냄새가 아예 없지는 않지만 가장 희미해졌을 때가 자유로움이 높게 구현된 3단계라고 단순화하여 정리해 볼 수도 있겠다. 시로 돌아와 이야기를 이어 보자. 숨바꼭질 놀이에서 술래도 찾지 못할 정도로 숨은 것은 완벽한 유사 죽음의 형식이라는 면에서 짜릿한 해방감을 선사한다. 문제는 너무 완벽하게 숨었기에 시적 자아의 존재가 현실에서 완전히 잊히고 버림받은 상태로 남겨지는 어떤 사태에 있다. 아이들은 모두 집에 돌아가 버렸다. '나'는 잘 숨은 것이 아니라 버려진 것이다. 그런 이유로 특별한 존재가 되고 싶다는 열망과 현실에서 버림받고 싶지 않다는 욕망은 하나의 타협점을 찾게 된다. 눈에 보이지는 않지만 소리와 냄새로는 존재하는 길이 바로 그것이다. 비록 죽음의 기운이 드리워져 있고 현실에 어느 정도 구속된 상태이기는 하지만 그럼에도 잊히거나 버림받지 않고 비교적 자유롭게 존재할 수 있는 상태가 소리와 냄새로 존재하는 일인 것이다. 이 '아포리아적 존재-감각-상태'가 이병철이 꿈꾸는 자유의 형식이다.

따라서 "보이지 않는데 만져지는 뼈/보이는데 만질 수 없는 그림자/볼 수도 만질 수도 없는 숨//방으로 가려면 엑스레이를 통과해야 해/트리 앞에 모여 앉아 통닭을 먹는 고요하고 거룩한 밤/내가 발견한 엑스레이 놀이로 모두 즐거운데//웃음소리가 달그락거린다"(「내가 발견한 엑스레이 놀이」)는 구절에서 확인할 수 있는 천진한 기쁨은 불이 아니라 빛의 조작하에, 시적 자아가 꿈꾸는 아포리아적 존재 상태, 즉 '없는 듯하지만 있는' 상태가 놀이로 확인되어, 무의식적 만족과 함께 되돌아오기 때문에 가능한 것이다. 보이지 않는데 만져지고, 보이는데 만질 수 없으며, 볼 수도 만질 수도 없지만 분명 거기 존재하고 있는 것들에 대한 이병철의 애호는 현실의 절망 안에서 자유를 꿈꾸는, 이번 시집의 독특하고 인상적인 이미지를 만들어 내는 상상력의 저장고이다.

3. 설명할 수 없는 존재, 이름 붙일 수 없는 사랑

전반적인 불 이미지의 영향력 아래, '무엇으로도 포섭하거나 설명할 수 없는 존재가 되고 싶다는 열망'과 '현실원리로는 이름 붙일 수 없는 사랑에 대한 꿈'이 이병철의 시를 움직이는 중요한 동력이라는 지적을 다시 한 번 언급한다면 총 3부로 나누어진 이번 시집의 1부가 바로 전자에 기울어 있다는 말이 가능하며 2부는 후자로 무게중심이 이동했음을 보여 주는 시편들이 두드러진다고 말할 수도 있다. 당연히 이 말은 증명 과정이 필요하다. 소리와 냄새에 대한 집중력이 유지되는 상태에서 어떤 변화가 있었기에 '현실원리로는 이름 붙일 수 없는 사랑에 대한 꿈'이 구체화되고 두드러질 수 있게 되는 것일까? 그 명확한 연결고리를 찾는 것이 쉽지는 않다. 다만 "소리에서 냄새로, 냄새에서 예감으로, 예감에서 육체로 부글거리는, 오래 참은 말들이 이룬 한낮의 폭우"(「장마 냄새」)라는 구절이 힌트를 준다. '육체'가 감각의 거점으로 중시되기 시작한 것이다. 이에 대한 가벼운 힌트와 묵직한 존재론을 같이 읽어보자.

①

흙물 흐르는 골목에 엎드리면 네가 사는 지붕까지 기어갈 수 있어 빗속에 숨은 발꿈치를 들을 수 있어 네 몸의 장마 냄새를 맡을 수 있어 소리에서 냄새로, 냄새에서 예감으로, 예감에서 육체로 부글거리는, 오래 참은 말들이 이룬 한낮의 폭우

식물은 빗속에서 동물이 된다 눈으로, 귀로, 셔츠와 속옷으로 흘러드는 비를 마시며, 움직일 수 없는 몸으로 움직이는 뿌리의 수평, 꽃을 잃고 색을 잃은 진딧물들이 소름 돋는데, 몸을 둥글게 꺾으면 뱀과 넝쿨 중 어느 쪽이 더 슬플까

　　　　　　　　　　　　　　　　　－「장마 냄새」 부분

②

냄새와 향기는 어떻게 다르지? 냄새는 향기를 흉내 내고 향기는 어쩔 수 없이 냄새가 된다. 나는 네 향기보다 냄새가 좋아. 우리가 누운 자리에서 음식물 쓰레기가 된 쇠고기 스튜와 키스가 된 까르미네르 와인과 오이비누에 씻겨나간

핏물 위로 달이 부풀었다. 너한테서 모르는 냄새가 난다.
이제 우리는 코와 새끼발가락만큼 멀어질 거야. 너는 발을
코에 갖다 대며 웃었다. 웃음소리가 잦아들자 아무 냄새도
나지 않았다. 우리는 한참 말이 없었다. 이미 죽은 땀 냄새
살 냄새가 우리의 마음이야. 창문을 열자 새벽이 짙은 몸을
방 안으로 밀어 넣었다. 냄새가 나지 않는 사람은 귀신, 서
로의 냄새가 너무 익숙한 우리는 귀신처럼 새벽을 걸었다.
손을 잡아도 손이 없고 어깨를 빌려줘도 머리가 없는.

―「오늘의 냄새」 부분

    시집의 초중반, 시적 자아에게 '이름 붙일 수 없는 사랑
에 대한 꿈'은 관계의 어긋남과 갈등, 그것이 환기시키는
사랑의 비통함과 존재의 비의 등에 기울어져 있다기보다
는 주로 육체적이고 감각적인 결합의 환희에 기울어져 있
다고 보는 편이 맞을 것 같다. 비통함과 비의는 중후반부
에서 두드러진다. 비유적 표현을 통해 에둘러 가기는 하지
만 그가 "그건 그렇고, 너는 정말 달다//이빨 사이마다 체
온계가 꽂혀 있어/우리는 이제 전염병 창궐한 격리병동이
야/(…)//우리는 서로 입 벌린 무덤이 되어/하루 종일 먹고
뱉고 먹고 뱉고/삼키지도 못하면서 죽었다가 부활하는/장
난, 목구멍 타들어가는 불장난만 하면서"(「불과 빨강과 뱀」)
와 같이 말할 때, 사랑은 여전한 불 이미지의 전반적인 열
기 속에서 뜨겁게 달아오른 육체적 격정과 에로틱한 감각

으로 이글거린다. '하루 종일 먹고 뱉고 먹고 뱉고 삼키지도 못하면서 죽었다가 부활하는 장난'이라니! 세계의 시간은 멈춘다. 오로지 연인들의 시간만이 독자적인 규칙 안에서 죽음과 부활을 반복하고 연인들은 그 안에서 영원히 산다.

이러한 '불 이미지'는 어느덧 '물 이미지'의 개입하에 큰 변화를 선보이는데 그 대표적인 작품이 바로 인용한 ①이다. 「장마 냄새」라는 제목에서 확인할 수 있듯이 시적 자아는 장마 냄새와 함께 열락과 환희로 가득했던 지난날의 사랑을 떠올린다. 사랑은 이제 과거형이 된다. 상상력의 이러한 전환에 힘을 실어 주는 것이 바로 장마, 즉 '물 이미지'이다. 시적 자아는 "흙물 흐르는 골목"에 엎드려 물의 역동성에 몸을 싣고 '네'가 살던 집으로 흘러가 "네 몸의 장마 냄새"라는 에로틱한 표현에까지 막힘없이 이른다. 바로 이 대목에서 "소리에서 냄새로, 냄새에서 예감으로, 예감에서 육체로 부글거리는, 오래 참은 말들이 이룬 한낮의 폭우"라는 구절을 만난다. 이것은 이병철의 시적 자아가 지닌 고민의 잠정적 도착 지점이 '육체'라는 것을 보여주는 지극히 흥미로운 표지판이 아닌가.

육체의 열락 안에서, 순간이나마 현실원칙의 제한을 받아 움직이던 존재는 한계를 뛰어넘고 도취의 저편으로 감각을 더 뻗으며 불과 함께 타오르며 유동하였다. 불, 혹은 불과 물이 어우러진 육체의 감각이야말로 사랑의 몽상 안에서 우리를 가장 멀리까지 데려가는 물질적 이미지이다. 불의 파괴적 이미지에 침범당하지 않는 사랑을 꿈꾸던 시적 자아에게 물 이미지의 등장은 어쩌면 자연스러운 해답이었는지도 모른다. 소리와 냄새를 거쳐 어떤 예감과 함께 등장한 육체적 쾌락은 '한낮의 폭우'라는 비유적 이미지로 물을 불러들인다. 그러나 물 이미지는 사랑의 환희가 끝난 뒤의 회고를 지배하는 물질적 이미지인 것이다. 이제 사랑은 추억의 심부에서 물과 함께 뒤섞이고 크게 몸을 비틀며 유동한다. 여기에 '죽음의 예감'은 전제되어 있지만 사랑의 유물론적 감각은 '보이지 않으면서 존재하는' 이병철 특유의 아포리아적 존재론으로 이어진다.

②에서 알 수 있듯이 현실에 발을 딛고 살아가는 인간 존재의 거기 있음을 증명하는 것이 '냄새'이다. 이것은 너무도 확고부동하게 현실원칙의 드센 힘을 상기시키지만 사랑하는 사람과 함께 그 냄새 안에 있을 때 사태는 뒤바뀐다. 서로의 냄새에 익숙해지면서 코가 마비되는 사건을 이병철의 시적 자아는 '존재의 가능성'으로 뒤바꾸어 놓는 것이다. 따라서 ②에서 "냄새가 나지 않는 사람은 귀신, 서로의 냄새가 너무 익숙한 우리는 귀신처럼 새벽을 걸었다. 손을 잡아도 손이 없고 어깨를 빌려줘도 머리가 없는"이라는 마지막 구절은 결코 서로의 존재를 감각하지 못하는 불안을 노래하는 것이 아니라 둘의 사랑이 현실에 발붙이고 있으면서도 현실에 완전히 구속되지 않는 사태를 향한

꿈이 행복하게 구현된 것이라고 해석해야 한다.

또한 "나는 네 향기보다 냄새가 좋아"라는 구절은 그런 의미에서 냄새를 향한 이병철의 애호가 이 땅을 부정하지 않고 어떻게 여기에 발붙이고 살게 되었는지를 보여 주는, 현실적이지만 로맨틱한 고백이라고 불러야 마땅하다. "얼음 컵 속에는 이미 끝나버린 여름이 있고//너의 눈 속에는 아무것도 아니어서 고요한//여름이 있다. 이제 여름은 무색무취의 이미지//우리는 여름 안에서 꽤나 함께 사라지고 있다"(「여름은 무색무취」)에서도 알 수 있듯이 '너'와 '내'가 여름의 열기 안에서 얼음이 녹듯이 함께 사라지는 일, 색도 냄새도 없는 여름과 함께 지워지는 일은 가장 아름답고 완벽한 사랑의 감각이 된다. 이 젊은 시인을 '아포리아적 존재론을 꿈꾸는 감각적 이미지스트'라고 불러야 하는 이유가 여기에 있다.

4. 물의 이미지로 유동하는 시적 언어

그는 때로 불 이미지를 간직하되 '죽음─탄생'의 과정을 더욱 역동적으로 멀리까지 닿게 하는 힘으로 물 이미지를 사용한다. 예를 들어 "네 입술이 닫히는 순간/세상의 모든 문들도 닫히고/문을 품었던 집들은 와르르 무너져/젖은 먼지 날리는 네 숨결 속에서/고양이 새끼마냥 웅크린 불씨들이 태어나/나자마자 어른이 되어버린 불의 눈빛은/몸속에 수만 줄기 길을 내며 타오르고/(…)//다시, 침묵들이 방울방울 떨어져/물관 속에서 깜박거리는 불씨들"(「일기예보」)과 같은 구절은 어떤가. 읽다 보면 이것은 앞선 시편들과는 달리 분명 사랑의 거절, 사랑의 실패가 빚어내는 슬픔을 이미지화한 것인데도 불구하고 도미노가 넘어지듯 하나의 사태가 또 다른 사태를 향해 움직이는 연속적인 힘이 너무나도 정확하게 다음 사태에 영향을 끼치며 끊어지는 일 없이, 실패 없이 움직이고 있어서 표면적인 불 이미지를 움직이는 것이 사실은 심층의 물이라는 생각에까지 닿게 한다. 입술에서 문으로, 문에서 집으로, 웅크린 불씨에서 다시 어른이 되어버린 불의 눈빛으로, 수만 줄기 불이 타올라 나이테의 가장 바깥부터 태웠다가 그것이 다시 나의 속살에 남긴 그 지문이라는 감각적 인상으로 닿는 과정을 따라가다 보면 이 화려하고 속도감 있는 이미지의 전환에 잠시 슬픔을 잊을 지경이 된다. 현실 중력이 사라진 몽상 공간 안에서의 아득하고 아름다우며 서글픈 사랑이여. 불과 물이 뒤섞이고 또 따로 흘러가다가 타오르고 넘쳐 끝내 멀리 흘러가는 아득한 관능과 감각이여. 이 시인을 '감각의 이미지스트'라고 부르지 않을 도리가 없다.

같은 맥락에서 이제 2부에 머물렀다가 3부로 넘어가는 이병철의 시적 언어는 물 이미지의 자장 안에서 힘을 얻으며 작동한다는 점을 지적해 두어야 하겠다. "물이 유동하는 언어, 원활한 언어, 리듬을 부드럽게 하고, 서로 다른 리듬에 균일한 물을 주는 언어, 계속하며 또 계속되는 언어의 주인"(가스통 바슐라르, 『물과 꿈』, 266쪽)임을 참조한다면 이병철이 선보이는 이미지의 다양하고 유려한 전환과 매끄러운 유동성은 물 이미지의 영향력 안에서 작동된다고 해도 과언이 아니다. 이병철의 첫 시집은 불과 물이라는, 드물게도 원형적이고 고전적이면서도 물질적인 이미지의 향연을 펼쳐보이는데 그것이 특히 물의 운동성에 힘입은 시적 언어와 같이 유동하면서 몽상 안에서나 경험할 수 있는 부드럽고 유연한 세계를 선보인다. 바로 여기에서 그의 개성이 확보된다. 그럼에도 불과의 긴장 관계로 존재하거나 혹은 불 이미지의 아직 남은 영향력 아래 존재하던 물 이미지가 점차 고립되기 시작하면서 물은 제 습기와 윤기를 잃어 가고 불모의 상태를 지시하는 딱딱하고 관습적인 물질로 변한다.

　시집의 중후반으로 접어들면서 물 이미지는 훨씬 도드라지고 초중반을 지배했던 불씨는 상당 부분 잦아든다. "강바닥이 얼굴을 잡아당긴다/돌에 붙은 다슬기들이 꼬마전구를 켠다/나는 물속에서만 얼굴이 환한 사람/불어나서 흐물거리는 내일의 표정//(…)//날카로운 이빨들이 여름을,/살 수 없던 시간을 뜯어 먹는다//은빛으로 우는 짐승은 모르는 꿈으로 나를 데려가고"(「여름 강은 늑대처럼」)와 같은 구절은 어떤가. 불은 더 이상 타오르지 않는다. 불의 사랑이 끝나고 남은 자리를 차지하는 것은 물의 이미지이다. 햇볕으로 달구어진 여름 강은, 태양의 열기를 흡수하여 날카로운 이빨을 드러내며, 여름을, 그리고 불 이미지를 꿈꾸었던 시적 자아를, 사랑이 가득했던 과거의 시간을 동물적으로 뜯어 먹고 있다. 이는 물 이미지의 완벽한 승리가 아닌가. 그러나 승리라고 부를 수 없는 것은 물 이미지의 힘이 지나치게 독자적으로 강해질수록 불모의 감각 또한 더욱 강해지기 때문이다.

더 둥글어질 수 없는 무릎을 베고 잔다 머리가 부드럽게 무릎으로 스민다 빛과 소리를 빨아들이는 무릎은 오래된 모퉁이여서 더러운 맨발로 도망쳐 온 얼굴들의 국경이 된다 살과 뼈가 서로를 억세게 잡아당기는 곳, 뿌리내린 비누 향기가 덩굴손을 뻗는다

(…)

호흡과 체온마저 무릎 속으로 빨려 들어가면 늪에서 이마를 건질 수 없다 잔뜩 주워 담은 이름들을 버리면 꿈이 가벼워진다 당신의 무릎이 떨리는 건 홍수림(紅樹林)이 곧 사라진다는 신호, 숲이 투명해지기 전까지 부드러움과 단단함을 모두 지닌 무릎을 혀로 핥아 습지대의 지도를 그려야만 한다

초록 모래 속에서 기어 나온 물고기가 태양을 향해 헤엄

쳐 가는 꿈을 꿨어 당신의 무릎과 내 슬픈 꿈 중 어느 것이 진짜 신기루일까 다가오지 마, 뺨에 돋아난 돌이끼가 연한 피부를 다치게 할지 몰라 우리 언제 만났었지? 금방 어두워지는 저녁이 당신 무릎에서 푸른 눈을 뜨고 있어 꿈속 물고기를 닮은

　　　　　　　　　　　　　　　　－「무릎 베개」부분

　무릎을 베고 잠든 시적 자아의 부드러운 꿈이 마지막에 대면하는 물고기는 어떤 미래를 예감하게 할까? 우리의 감각을 일깨워 그의 몽상을 따라가 보자. 무릎은 자기방어의 경계심이 완전히 정지한 존재의 편안하고 보호받는 상태인 잠을 지탱한다는 의미에서 우리가 누군가에게 내어 줄 수 있는 가장 부드러운 신체 기관인지도 모른다. 완벽한 신뢰와 친밀감이 없다면 무릎을 내어 주고, 무릎에 머리를 기대 잠이 든다는 것은 불가능한 일이다. 인용 시에서도 살과 뼈가 서로를 잡아당기고, 호흡과 체온마저 무릎 속으로 빨려 들어가는 감각 속에서 시적 자아는 깊은 잠 속으로 들어간다. 이 잠은 '무릎의 꿈'이라 불러도 손색이 없는 그런 잠이다.
　문제는 홍수림(紅樹林)이 사라져 가고 있다는 것이다. 인용하면서 옮겨 오지는 않았지만 홍수림은 원래 '맹그로브숲'으로 불리며, '열대와 아열대 지역의 염성 습지에 형성되는 상록수림'임을 떠올린다면 이 사랑의 감각 또한 불이 열

로 전환된 이미지의 자장 안에서 움직이고 있음을 확인할 수 있다. 홍수림이 사라지기 전에 시적 자아는 무릎을 혀로 핥아 자신의 감각 안에 그 흔적을 선명하게 각인하려고 하지만—마치 어린 시절 불의 감각을 자신의 뺨으로 간직했던 것처럼—그것이 불가능하다는 것을 이미 알고 있다. 아마도 그 슬픈 예감에 대한 인상적인 이미지가 "초록 모래 속에서 기어 나온 물고기가 태양을 향해 헤엄쳐 가는 꿈"일 것이다. 태양에 가까워질수록 물고기 몸의 수분은 마르고 결국 죽음과 마주하게 될 것임을 떠올려 보라.

따라서 홍수림일 줄 알았던 '너'의 무릎이 "꿈속 물고기를 닮은" 푸른 눈을 뜨고 있음을 확인하게 되는 마지막 순간은, 저 오랜 불의 꿈이 좌절되고 '무엇으로도 포섭하거나 설명할 수 없는 존재가 되고 싶다는 열망'을 '현실원리로는 이름 붙일 수 없는 사랑에 대한 꿈'으로 대체하려 했던 한 시인의 깊은 열망이 끝내 좌절될 것임을 고즈넉하게 인정하게 한다는 점에서, 잔잔하지만 오랜 슬픔 안에서 우리를 떠나가지 못하게 붙든다. 슬픔은 멍이 든 것처럼 제 둘레를 키워 간다. 불뿐만 아니라 심지어 물까지 그 역동적힘을 잃었을 때, 우리는 "언 몸을 녹이려고 끌어안았을 뿐인데, 당신은 맑은 파열음을 내며 수천 조각으로 깨졌다// 내가 들은 가장 아름다운 음악이었다"(「겨울바람의 에튀드」)는 구절을 만나게 된다. "가장 아름다운 음악이었다"는 문장은 '가장 슬픈 음악이었다'는 문장으로 바꾸어 읽을 수 있으리라. 투명한 겨울바람 속에 사랑은 가장 아름답고도 슬픈 소리로 떠돌고 있는 것이다.

이제 우리는 이번 시집의 마지막에 배치된 시편들이 각각 '안개', '장마', '유리 어항', '비', 그리고 또다시 '비'와 관련된 소재로 끝난다는 사실을 알게 된다. 모두 물의 물질적 유동성과 유연함, 변화의 가능성이 거의 사라진 상태의 불모와 관련되어 있다. 이것은 사랑하고 꿈을 꾼다는 것이 더 이상은 불가능하다는 것을 암시하는 것일까? 아포리아적 존재론은 한낱 철없는 몽상에 불과했다고 회고하는 자의 쓸쓸한, 그런 목소리인 것일까? 그럴 것이다. 그 말도 맞을 것이다. 그러나 비가 내려 불모의 사막이 무너지는 이 진창 속에서도 돌아보면 무엇인가가 남아 있지 않을까. "내일 비가 온다면//몇 배로 불어나는 바닥/진흙이 되어 밀려들어오는 사막/맑은 빗물이 담겨 찰랑이는 접시/아무도 죽지 않는 부엌/나뭇가지처럼 잎이 돋아나는 손목"(「내일 비가 온다면」)이라고 기록해 두는 목소리도 있지 않은가. 아포리아적 존재론을 꿈꾸는 감각적 이미지스트로서 한 시인은 그의 젊음을 바쳐 불과 물의 시대를 통과해 왔다. 살아온 날들보다 더 광대한 살아갈 날들을 그는 어떤 물질적 이미지와 함께 통과해 나갈 것인가. 구원은 선물처럼 갑자기 도착하지는 않을 것이다. 그는 다시 꿈꾸고 더 싸워 나가야 하리라.

시인수첩 시인선 010

오늘의 냄새

ⓒ 이병철, 2017

초판 1쇄 발행 2017년 10월 30일
초판 2쇄 발행 2019년 9월 10일

지은이 | 이병철
발행인 | 강봉자·김은경

펴낸곳 | (주)문학수첩
주   소 | 경기도 파주시 문발로 214-12(문발동 511-2) 출판문화단지
전   화 | 031-955-4445(대표번호), 4500(편집부)
팩   스 | 031-955-4455
등   록 | 1991년 11월 27일 제16-482호

홈페이지 | www.moonhak.co.kr
블로그 | blog.naver.com/moonhak91
이메일 | moonhak@moonhak.co.kr

ISBN 978-89-8392-671-5 03810

「이 도서의 국립중앙도서관 출판예정도서목록(CIP)은 서지정보유통지원시스템
홈페이지(http://seoji.nl.go.kr)와 국가자료공동목록시스템(http://www.nl.go.kr/
kolisnet)에서 이용하실 수 있습니다.(CIP제어번호: CIP2017021816)」

이 책은 한국출판문화산업진흥원 2017년 우수출판콘텐츠 제작 지원 사업
선정작입니다.